跟着古人学品茶

杨多杰 著

中国最美茶诗

上海交通大学出版社
SHANGHAI JIAO TONG UNIVERSITY PRESS

内容提要

我国既是"茶的国度"，又是"诗的国家"。文人，爱作诗，也爱喝茶，于是诞生了大量茶诗。在茶诗中，我们得以还原古代文人的真实品茶场景，再现他们的风流雅趣；在茶诗中，我们得以通过文人间品茗赠茶的佳话感受千年前的情谊与温度。书中选取了40首茶诗，涉及历代茶诗中的经典篇目，内容上涉及产茶、采茶、品茶等关于茶的方方面面。书中通过诗作赏析、茶诗誊抄，让读者由茶诗出发深入了解茶知识、茶文化，通过抄写茶诗在静心养性的同时更细致感受中国茶诗之美。

图书在版编目（CIP）数据

跟着古人学品茶：中国最美茶诗 / 杨多杰著. —
上海：上海交通大学出版社，2024.4
ISBN 978-7-313-29524-8

Ⅰ.①跟… Ⅱ.①杨… Ⅲ.①古典诗歌－诗集－中国
②茶文化－中国 Ⅳ.①I222②TS971.21

中国国家版本馆CIP数据核字（2023）第188689号

跟着古人学品茶：中国最美茶诗
GENZHE GUREN XUE PINCHA: ZHONGGUO ZUIMEI CHASHI

著　　者：杨多杰			
出版发行：上海交通大学出版社		地　　址：上海市番禺路951号
邮政编码：200030		电　　话：021-64071208
印　　制：上海盛通时代印刷有限公司		经　　销：全国新华书店
开　　本：710mm×1000mm　1/16		印　　张：17.75
字　　数：217千字		
版　　次：2024年4月第1版		印　　次：2024年4月第1次印刷
书　　号：ISBN 978-7-313-29524-8		
定　　价：88.00元		

序　一

　　多杰与我是忘年交，是一位杰出有为的茶学工作者。他长期投身到中国历代茶诗的研究当中，并先后写作出版了《茶的品格：中国茶诗新解》《茶的味道：唐代茶诗新解》《唐茶诗钞》《茶的精神：宋代茶诗新解》等一系列茶诗研究的作品。多杰在茶文化研究中的勤奋与专注，十分值得赞许与鼓励。喜闻他的新作《跟着古人学品茶：中国最美茶诗》（上海交通大学出版社）又要出版了，作为一名研究茶文化六十余载的茶学工作者，真心为多杰取得的成绩感到高兴。2023年底多杰专程来到杭州，邀我为其新书作序。那便借此机会，与广大读者朋友们交流一下我对于茶诗的理解。

　　茶诗，是浓缩的茶文化。茶诗，也是我国千年茶文化的集中呈现。众所周知，中国是茶的原产地，茶文化的发祥地，所以茶诗亦历史悠久，源远流长。至少在西晋时期（公元3世纪），就已经产生了茶诗。随着陆羽《茶经》的问世，饮茶成了中国知识阶层的必备修养。唐宋两代的许多大诗人，如李白、杜甫、白居易、韩愈、柳宗元、苏轼、欧阳修、梅尧臣、王安石、曾巩、陆游、杨万里、范成大等都是爱茶之人，也皆有茶诗留存于世。据粗略统计，自晋代迄今，已产生茶诗一万三千余首。中国历代茶诗，可谓是中国茶文化研究领域的资料宝库。

　　原浙江省诗词学会会长戴盟先生很爱茶，也喜吟茶诗。他曾主张把茶诗收集整理出版，并建议广大茶学工作者编写《全茶诗》。我曾与老友钱时霖先生一起，编写过《历代茶诗集成·唐代卷·宋金卷》。经十年整理，业已成书。我们编写这部书，也是意在引起茶学界对于茶诗价值的重视，也愿为后来的茶学工作者做一些资料整理工作。如今看到多杰等年轻一辈茶学工作者，能够在茶诗领域发力研究，我感到高兴与欣慰。

我们今天总谈起倡导茶文化，那么到底什么是茶文化呢？我曾在拙作《中国茶文化学》一书中提出："茶文化就是人类在发展、生产、利用茶的过程中，以茶为载体，表达人与自然、人与社会、人与人，以及人与自我之间产生的各种理念、信仰、思想感情、意识形态的总和。"因此，在我们研究茶文化时，一定要注意立足于茶学的跨学科碰撞。茶诗，是茶学与文学乃至茶学与史学的综合性表达。以诗的形式歌咏茗茶，使得这一杯茶汤更具文化感，也富含着浓郁的味外之味。

多杰的新书《跟着古人学品茶：中国最美茶诗》显然是当代茶文化研究领域的又一新作，也是他利用自身的文献学、历史学素养研究茶文化的有益尝试。我看到书稿后惊喜地发现，除去多杰的精彩解读文章外，该书还对偏僻字、多音字都进行了注音，这便更利于读者理解掌握古代茶诗了。另外，每诗后附有硬笔字帖，一边看着多杰的解读，一边抄着古人的茶诗，又有了别样的享受。

谨以为序。

姚国坤

2024 年 1 月

姚国坤，1937 年生，教授，曾任中国农业科学院茶叶研究所科技开发处处长。现为中国国际茶文化研究会学术委员会副主任、世界茶文化学术研究会副会长、国际名茶协会专家委员会委员。

序　二

　　中国古代茶诗，是中国古代茶叶文献的重要组成部分。古代诗人见物而咏，遇事而歌，因此茶诗的史料价值极大；茶诗朗朗上口，是传播茶事、茶文化的很好载体。本世纪初，作为"中国茶文化丛书"的第一副主编，我就曾想把中国古代茶诗纳入，惜因种种原因未果，颇为遗憾。其后，经好友安徽农业大学詹罗九教授介绍，我编辑出版了安徽大学朱世英先生的遗作——《茶经源流》，也算是对于我国茶诗研究做了一些补白之事。

　　多杰研究茶文化多年，是新一代茶学工作者中的俊才。对于茶诗文化的研究与弘扬，多杰可以说用力颇深。自2019年起，他先后有《茶的品格：中国茶诗新解》《茶的味道：唐代茶诗新解》《唐茶诗钞》《茶的精神：宋代茶诗新解》等作品出版问世。他在写作了诸多茶诗研究著作后，现在为何又要出版《跟着古人学品茶：中国最美茶诗》呢？我仔细阅读书稿后，揣测多杰和出版者可能有如下考虑：

　　第一，尽管选取的诗篇大体相同，但每篇诗的赏析详略不同，这就满足了不同读者层次的需求。这一本《跟着古人学品茶：中国最美茶诗》每篇赏析文字精致凝练，可以使得读者快速领略所选茶诗的妙处。

　　第二，学习语文不外两个目的：读和写。其中的写包括从写字到写作。本处只谈写字，应该看到，现在随着科技的发展，年轻人在读和写上比前人逊色多了。该书为便于读者诵读，对偏僻字、多音字都进行了注音，每诗后附有硬笔字帖，便于读者对中国历代茶诗进行全方位学习。

综上所述，我相信多杰的这本茶诗研究新作，会有更多的读者喜爱。

愿多杰在茶文化研究和传播上，取得更大的成绩。

穆祥桐

2024 年 1 月

于北京望京茗室

穆祥桐，1950 年生，中国农业出版社编审，原农业部专家组专家，华侨茶业发展研究基金会顾问，南京农业大学兼职教授。

自　序

　　2023年9月，"茶·世界——茶文化特展"在中国最权威文博机构——北京故宫博物院的午门正楼及东西燕翅楼展厅展出。此次茶文化特展，汇集了海内外30家考古文博机构的代表性藏品，展品总数达555件（组）。笔者撰写的《茶的味道：唐代茶诗新解》一书，竟也有幸陪衬其中，作为现当代茶学出版物板块中的一件展品而展出。拙作不过是一本研究唐代茶诗的冷门小册子，能够参与到这样高规格的茶文化专展中，高兴之余更觉惶恐。

　　但不得不说，茶诗在中国茶文化之中的确有着举足轻重的地位。我们总说，中国的茶文化源远流长，有着千年的历史。这"千年的历史"到底是用什么样的形式来承载的呢？很重要的一方面，就是依托于文人书写的茶书。故宫这一次特展中，展出的明万历十六年素竹园刻本《茶经》、清顺治四年《说郛》本《大观茶论》、明万历刻本《茶集》、清抄本《茶苑》等书，皆为中国历代茶书中的代表作品。

　　唐宋元明清，留存至今的茶书到底有多少部呢？学界现在大致认为有110部左右。这个数字，其实并不算多，而且如果细究起来，这里绝大部分所谓"茶书"，都很难称之为"书"。因为很多"茶书"的体例过于短小，有的甚至不足千字。即使是影响力最大的《茶经》，也不过7 000余字而已。唐代随便一本笔记小说，文字量都比《茶经》大得多。何况留下来的大部分"茶书"都还不及这个篇幅呢。例如唐代张又新的《煎茶水记》，其实不过是一篇短文而已，我们今天也把他认定为茶书了。

幸好，还有茶诗，茶诗的数量，比茶书多许多。例如唐代有茶书9种，却有茶诗500余首。在唐代文人之中，写作茶诗最多的要数白居易。他一生竟写作涉茶之诗64首，内容涵盖了唐代茶文化的方方面面。宋代情况更甚，茶诗有数千首之多。北宋文学家苏轼，一生写作涉茶之诗78首，已超过白居易创作的茶诗数量。但南宋大诗人陆游，写作的茶诗却又比苏轼还多得多。陆游本是高产的诗人，有"六十年间万首诗"的成就。据原浙江诗词学会名誉会长戴盟统计，在《剑南诗稿》中涉及茶的作品竟然达到了200多首。如果把陆游的茶诗集结在一起，那简直就是一部宋代《茶经》了。至于明清茶诗，就更不胜枚举了。可以说，茶诗是一座巨大的中国茶文化知识宝库。茶诗数量之庞大、内容之丰富无出其右。我们把历代茶诗比喻为中国茶文化的"敦煌藏经洞"也绝不过分。

还有一点，茶诗的作者人数更多，成分也更为多元。您想想看，能写茶学专著的人，毕竟少之又少，这需要一定的门槛，也需要相当的精力和动力。但是中国的知识阶层又都爱茶。每个人都会有饮茶的经历和感悟，只是或多或少而已。对于大部分人来说，茶诗是一种最好的表达方式。因为相比于写书，写诗是一件相对轻松的事情。据笔者统计，唐代写过涉茶之诗的文人，足足有145位之多。李白、杜甫、孟浩然、王昌龄、刘禹锡、柳宗元、杜牧……这些耳熟能详的大诗人都没写过茶学专著，但都有精彩的茶诗流传于世。中国历代茶诗，是一组不得了的茶事经验汇总。中国古代的文人雅士，在组织参与茶事活动的同时，也用诗歌书写着饮茶生活的感受与见闻。也正是由于知识阶层的深度参与，中华茶文化核心审美中才一直萦绕着一份诗意的情愫。

研究中国茶文化，如果有茶诗作为辅助材料，那可以说是如虎添翼。更为关键的是，茶诗不仅有资料性，更有艺术性。我在教学中经常说这样一句话：茶是最美的生活，诗是最美的语言。只有把这两者结合在一起，才能真正发掘出中国茶文化的美学体系和美学基因。

二十世纪五十年代以来，陆续有一些专题研究茶诗的著作问世。其中较有代表性的如李传轼编选《中国茶诗》，钱时霖选注《中国古代茶诗选》，朱世英选注《茶诗源流》，钱时霖、姚国坤、高菊儿编《历代茶诗集成》等。海外学界的研究成果中，以日本竹内实著《中国喫茶诗话》以及韩国郑相九著《名茶诗鉴评》最有代表性。但总体而言，学界对于中国历代茶诗的研究，成果相对偏少，多有需要补白之处。

自2019年起，笔者先后出版了《茶的品格：中国茶诗新解》《茶的味道：唐代茶诗新解》《唐茶诗钞》《茶的精神：宋代茶诗新解》等多部茶诗文化研究著作。在写作茶诗研究著作的同时，笔者也试图通过互联网形式传播茶诗文化。2017年，笔者在喜马拉雅App上线《跟着古诗学品茶》（共40讲），开创在互联网上讲解传播中国历代茶诗之风气。2018年至2023年，笔者在人人讲App先后开设了《历代茶诗详解》课程第一季、第二季、第三季与第四季。截至2023年8月，茶诗课程播放量，已经突破百万。

您手上这本《跟着古人学品茶：中国最美茶诗》，与我之前陆续出版的几本解读茶诗的小册子，有相同也有不同。相同点在于，写法思路都是从茶诗的作者生平与写作背景入手，再细读文献原文，最后着重探讨诗人对一杯茶汤"味外之味"的感悟。不同点在于，这次为了方便大家诵读，我还对茶诗原文中的生僻字全都做了现代汉语的注音。我们知道，古人写诗时极其讲究平仄与辙韵。我在日常教学中一直建议同学们，阅览完茶诗原文后，不妨再放声朗读几遍。这样既可以体会诗人在辙韵平仄上的巧思，又可以享受茶诗的韵律之美。希望这些小小的设计，既利于您阅读茶诗，也便于您朗读茶诗。希望每一位爱茶人，都能够做中国历代茶诗的全方位"读者"。另外，两位编辑还在每篇正文之后细心地设置了字帖部分。这样一来，大家听我聊完茶诗之后，还可以再动笔抄上一遍，那种感觉又会完全不同了。

这一次拙作《跟着古人学品茶：中国最美茶诗》能够顺利出版，多亏了上海交通大学出版社赵斌玮先生与樊诗颖女史的策划与编辑，又蒙姚国坤、穆祥桐两位茶界前辈的厚爱，为拙作撰写序言。再次一并表示诚挚的谢意。愿拙作的出版，能够让更多人了解中国历代茶诗背后的故事，并因此更加喜爱中国茶文化。

2023 年 11 月 于北京

目 录

洛阳尉刘晏与府掾
诸公茶集天宫寺岸道上人房

唐·王昌龄

良友呼我宿，月明悬天宫。

道安风尘外，洒扫青林中。

削去府县理，豁然神机空。

自从三湘还，始得今夕同。

旧居太行北，远宦沧溟东。

各有四方事，白云处处通。[1]

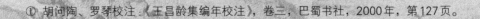

① 胡问陶、罗琴校注：《王昌龄集编年校注》，卷三，巴蜀书社，2000年，第127页。

王昌龄，字少伯，京兆（今陕西西安）人。他生于公元7世纪90年代初期，具体年份有数个说法。但可以肯定，他应年长于李白、杜甫、王维、高适、岑参等人，属于盛唐文坛的前辈诗人。唐玄宗开元十五年（727），王昌龄中进士，并在长安任校书郎。王昌龄比陆羽的伯乐崔国辅晚一年中进士。因此，王昌龄也应是比陆羽高一个辈分，属于"前《茶经》"时代的诗人。

这首茶诗的题目很长，其中的核心在于"茶集"二字。纵观《全唐诗》，这是唯一一首以"茶集"为题的茶诗，其意义因此有所不同。这次茶集的地点，选在了天宫寺道岸上人的禅房之中。这首茶诗的题目，向来有两个版本。一说为"府掾诸公"，另一说为"府县诸公"。这里的"掾"字，本意是佐助，后引申代指幕僚属官。因此这两个版本的题目，其意义大致相同。至于题目中的刘晏，他生于唐玄宗开元四年（716），曾改革榷盐制度、整顿漕运、修正常平法，在经济方面颇有建树。茶集发生的城市，显然是在洛阳。这首诗应大致写于唐玄宗天宝元年六月至天宝三载冬之间。这时的王昌龄，已在官场混迹多年。不仅没有多大的发展，反而遭受了贬官之苦。抑郁之情，可想而知。

自"良友"至"林中"句，是茶集场景的描述。这里的良友，想必指的便是刘晏。他身为洛阳尉，很可能是这次茶集的组织者。诗人这里用了一个"呼"字，体现了与良友间的亲密关系。依据诗文揣测，茶集似乎是在傍晚举行，因此刘晏便请王昌龄留宿在天宫寺。诗人抬头仰望，只见明月高悬，照亮天宫寺。诗文中的"风尘"，代指诗人旅途的艰辛。至于"青林"，则是天宫寺的雅称。诸公都来问候，洒扫禅室，备好香茗，以待贵客。

自"削去"至"夕同"句，是饮茶后的一番感慨。职场上的烦恼，压得人喘不过气来。这时候，不妨试着像王昌龄一样"削去府县理"。把这些工作的烦恼，暂时抛诸脑后。将自己的身心，完全浸润在茶汤之中。请相信，茶汤有这样的魔力，可以让你最终"豁然神机空"。天宫寺茶集上，王昌龄遇到了许多好朋友。这些年宦海沉浮，当年的朋友也大半离散四方。若不是这一场茶集，恐怕真不知又是何年何月才能相见。人，因茶而聚。茶，因人而香。

自"旧居"至"处通"句，是全诗的点睛之笔。虽然王昌龄是京兆人氏，但曾客居并州（今山西太原）、潞州（今山西长治）一带。纵观王昌龄的半生仕途，真可谓漂泊劳碌。先是从京中的校书郎改任汜水尉。后又遭贬官，经河南穿湖北最终遍走三湘大地。到后来遇赦，又去江宁做县丞。在仕途上奔波打拼的王昌龄，在洛阳天宫寺参加茶集。几碗茶汤入喉，诗人骤然仰望天空。正巧玉兔东升，一轮皎洁的明月，高挂在天宫寺的上空。看到了"明月悬天宫"的王昌龄，这一刻心中才真正有了闲情。

天下没有不散的筵席，自然也没有不散的茶集。那么我们这些爱茶人，怎么才能保持联络呢？王昌龄在茶诗的结尾，提出了一个奇特的联络方式——白云处处通。以后的日子里，大家散落四方各有杂事。想再像今日这样，齐聚在天宫寺茶集，恐怕是不可能的了。但是只要你身处白云之下，我们便还是可以一起茶集。怎么做到呢？靠茶汤联络。

身在四方又如何？杂事缠身又如何？一碗茶汤间，白云处处通。

洛阳尉刘晏与府掾
诸公茶集天宫寺岸道上人房
唐·王昌龄

良友呼我宿，月明悬天宫。
道安风尘外，洒扫青林中。
削去府县理，豁然神机空。
自从三湘还，始得今夕同。
旧居太行北，远宦沧溟东。
各有四方事，白云处处通。

洛阳尉刘晏与府掾（一作县）诸公茶集天宫寺岸道上人房

惠福寺与陈留诸官茶会

唐·刘长卿

到此机事遣，自嫌尘网迷。

因知万法幻，尽与浮云齐。

疏竹映高枕，空花随杖藜。

香飘诸天外，日隐双林西。

傲吏方见狎，真僧幸相携。

能令归客意，不复还东溪。①

---

① 储仲君撰：《刘长卿诗编年笺注》，中华书局，1996年，第11页。

刘长卿，字文房，籍贯有宣城、河间、彭城三说。但他从小生长在洛阳，自视为洛阳人。后世学者推定刘长卿生于唐玄宗开元十四年（726）前后，一生经历了玄宗、肃宗、代宗、德宗四朝，最终卒于唐德宗贞元六年（790），享年65岁。刘长卿是中唐时期的杰出诗人，自称为"五言长城"。传世的《刘随州诗集》共十卷，其中有茶诗一首——《惠福寺与陈留诸官茶会》。这首茶诗的体裁，就是他最擅长的五言诗。

这首《惠福寺与陈留诸官茶会》很可能写于唐代宗大历元年（766）年前后，诗人从浙西某县"西上"长安城的途中。这一年，刘长卿大约41岁了。短暂的初仕和长期的贬谪，使得刘长卿的内心百感交集。这种失落的心态，也就成了这首茶诗的写作背景。与此同时，这也是爱茶人理解这首茶诗的切入点。

开篇的两句，可算是感叹。"机事"二字，直译为机巧之事。《庄子·天地篇》中写道："有机械者必有机事，有机事者必有机心。机心存于胸中，则纯白不备；纯白不备，则神生不定；神生不定者，道之所不载也。"[1]由此可见，"机事"不是什么好东西，要是"存于胸中"可就让人头疼了。"尘网"二字，比喻人世间的种种困扰。诗人不仅为机事所驱遣，而且为尘网所迷困，自然是怎么也快乐不起来了。

三四两句，则应是开悟。这首茶诗的写作地点，是陈留惠福寺茶会之上。刘长卿自少年时起，就励志做治国安邦的栋梁。但现实的情况，却远不是少年理想中的样子。惠福寺茶会中的刘长卿，经历了入狱、罢官、贬谪、搁置等一系列挫折。他苦苦追求的理想，已经破碎得一塌糊涂了。这

---

① （清）王先谦撰：《庄子集解》，卷三，见沈啸寰点校：《庄子集解　庄子集解内篇补正》，中华书局，1987年，第106页。

里的"万法"二字是佛家用语，泛指世间一切事物。在茶会之上，刘长卿似有所悟。到底什么是真？什么又是假？世间的名利，不过是幻想而已。封侯拜相也好，青史留名也罢，还都不如一碗看得见喝得到的茶汤实际。"因知万法幻，尽与浮云齐"两句，翻译成网络流行用语就是——"神马都是浮云"。

五六两句，表露的是闲情。这里的"高枕"二字，自然取的是"高枕无忧"之意。至于"杖藜"一词，就是以藜做的手杖。这两句诗，营造出一种清空闲澹、飘逸隽永的生活趣味，与茶诗开头"机事遣""尘网迷"等一系列渲染形成了鲜明的对比。既然知道了万法皆幻，又何必执着呢？倒不如享受当下的生活，做一个摆脱机事逃离尘网的闲人。

七八两句，讲述的是茶事。诗人自此一笔宕开，转而描写茶事情景。馥郁芬芳的茶汤，香气清高持久。飘飘荡荡，似乎已经飞到九霄云外了。刘长卿与陈留当地的好友们，在茶会上品茶谈心，时间过得飞快。不知不觉，红轮西坠，已经是傍晚时分了。五、六、七、八四句中的用词都颇有禅意。"空花""诸天""双林"三个词，显然都是佛家用语。刘长卿引经据典信手拈来，似乎不露半点痕迹。

最后两句，讲的是解脱。这里的"归客"，明显指的就是诗人自己。"东溪"是一个象征，泛指归隐的场所。既然已经知道万法皆幻，那何必还要执着于去东溪归隐呢？倒不如，直接归隐在茶汤之中吧。

茶汤，即人生。年少时，只能喝到酸甜苦辣。成年后，才能品出世间百味。

跟着古人学品茶：中国最美茶诗

惠福寺与陈留诸官茶会
唐·刘长卿

到此机事遣，自嫌尘网迷。
因知万法幻，尽与浮云齐。
疏竹映高枕，空花随杖藜。
香飘诸天外，日隐双林西。
傲吏方见狎，真僧幸相携。
能令归客意，不复还东溪。

送陆鸿渐山人采茶回

唐·皇甫曾

千峰待逋客，香茗复丛生。

采摘知深处，烟霞羡独行。

幽期山寺远，野饭石泉清。

寂寂燃灯火，相思磬一声。①

---

① （唐）皇甫曾著：《唐皇甫曾诗集》，卷一，第64页，见《唐皇甫冉诗集附唐皇甫曾诗集　梨岳诗集　新雕注胡曾咏史诗　徐公钓矶文集　忠愍公诗集》[四部丛刊三编本（六〇）]，上海书店，1985年，据商务印书馆1936年版重印。

茶圣陆羽，其实有多重身份。他不仅是一位茶人，同时也是文人，还是一位诗人。但也可能是《茶经》的影响太广，茶圣的名气太大，反而掩盖了陆羽其他领域的成就。陆羽所作的诗，留传下来的很少。但《全唐诗》中，写给陆羽的诗却有27首之多。这首《送陆鸿渐山人采茶回》，可算是其中的精品之作。

皇甫曾，字孝常，唐天宝十二载（753）登进士第，历侍御史，坐事徙舒州司马、阳翟令。他的哥哥是皇甫冉，字茂政。皇甫兄弟是三国西晋年间医学家、史学家皇甫谧的后代，两人先后考中进士，且皆在诗文上有高妙的造诣。皇甫兄弟的诗文，是他们与陆羽友谊的最佳见证。其中皇甫冉有《送陆鸿渐赴越并序》《送陆鸿渐栖霞寺采茶》，皇甫曾则有《送陆鸿渐山人采茶回》《哭陆处士》，都涉及了陆羽采茶的场景。

从这首诗的题目可提炼出"鸿渐""山人""采茶"三个关键词。第一个关键词"鸿渐"，是茶圣陆羽的表字。第二个关键词"山人"，算是对茶圣陆羽的尊称。第三个关键词"采茶"，则是本诗的重点。从皇甫兄弟的茶诗来看，陆羽常常进山采茶，怪不得在《茶经》中他对于茶器从材质到尺寸都可以描述得清晰明确，对于茶叶生产流程以及所用全部器具更是了如指掌。《茶经》，绝非一本人云亦云的著作。实践出真知，此言非虚。

自"千峰"至"丛生"句，可概括为一个"隐"字。这里面的"逋客"一词，可以解释为"避世之隐者"，或者"颠沛流离之人"。纵观陆羽一生，青年时恰逢安史之乱，为避兵乱，无奈南渡。即使到了江南后，陆羽也未在一地定居。因此若说陆羽是颠沛流离的逋客，一点也不为过。但另一方面，陆羽终生算是过着闲云野鹤的生活，因此自然也称得上避世隐逸的逋客。但作者在题目中用"山人"二字，自然还是尊称陆羽为世外高人。由此可见，逋客应该是朋友们对陆羽的惯用尊称。综合分析，本诗中的"逋客"，解释为"避世之隐者"更为恰当。

自"采摘"至"泉清"句，可概括为一个"侠"字。越是好茶，生长的地方越是偏僻。投靠打尖的山中古刹还没有找到，不由得已经是饥肠辘辘了。万般无奈，野饭也要吃，石泉也要饮。外人看似潇洒，实际上则是甘苦自知了。能够独走深山，与烟霞为伴，茶圣陆羽的身上有着一股侠的精神。他独特的人格魅力，使得如皇甫氏兄弟这样的一批文化名流为之折服。陆羽能交到如此多的好友，自也绝非偶然。陆羽身上"侠"的精神，只读《茶经》而不读茶诗，便极不易察觉。

自"寂寂"至"一声"句，可概括为一个"思"字。好友陆羽已入深山采茶，夜晚格外清冷。就连照明的灯火，也显出寂寥之意。想念之情，伴着挂念之意，此时无处排遣。敲击铜磬，长鸣悠悠。希望声音飘荡，也能将我的思绪传递给深山中的陆羽吧？此诗的题目有两种版本，其一为《送陆鸿渐山人采茶》，其二为《送陆鸿渐山人采茶回》。最后两句显然描写的不是陆羽而是作者皇甫曾。至于前面的六句，也不是皇甫曾亲眼所见，而是思念时的脑补画面。由此可见，这首诗的重点并不是送别，而是表达送好友回来后皇甫曾自己的惆怅思绪。因此，我倾向于题目为后者。

想做一名合格的茶人，绝不能仅仅纸上空谈，而更应全方面熟知茶事。我们虽做不成"烟霞羡独行"的侠客，但起码应努力在制茶、泡茶、品茶等多方面深入了解。只有全方面习茶，才能让我们更好地体会一杯茶汤带来的快乐。

跟着古人学品茶：中国最美茶诗

送陆鸿渐山人采茶回
唐·皇甫曾

千峰待逋客，香茗复丛生。
采摘知深处，烟霞羡独行。
幽期山寺远，野饭石泉清。
寂寂燃灯火，相思磬一声。

送陆鸿渐山人采茶回

茶 偈

唐·释无住

幽谷生灵草，堪为入道媒。

樵人采其叶，美味入流杯。

静灵澄虚识，明心照会台。

不劳人气力，直笋法门开。[1]

---

[1] 陈尚君辑校《全唐诗补编》，全唐诗续拾卷十五，中华书局，1992年，第888页。

这首茶诗的作者，是一位经历传奇的僧人。他法号无住，凤翔郿县（今陕西眉县东北）人。关于他的生平经历，敦煌文书《历代法宝记》中有详细的记载。由于他俗家姓李，我们就姑且先称年轻时的无住禅师为小李吧。唐玄宗开元年间，小李代父从军。他膂力过人，武艺绝伦。这时正赶上信安王李祎督师朔方，一下子就看中了能征惯战的小李。不久之后，小李就当上了先锋官。但是小李却一点也不开心，他感慨富贵荣华仅是过眼云烟，没过多久，就辞职不干了。自此之后，小李走访高僧大德，每日讲经论法。到了天宝年间，他正式出家为僧。从此，俗世少了一位小李将军，佛门多了一位无住禅师。

按照《历代法宝记》的记载，有一次无住禅师讲法，有幕府郎官侍卿等三十多人在场。在座的听众看无住禅师饮茶，便问道：大和尚也爱喝茶吗？无住禅师答：爱喝。众人不解茶的妙处，于是无住禅师就即兴作了这首《茶偈》。偈，音同寄，是一种独特的文学形式。佛经，大致包括两种，即长行与偈颂。长行，类似俗家的散文。偈颂，可比文人的诗歌。所以诗僧的诗作，有时也就以"偈"名。无住禅师的这首《茶偈》，也就是其中一例了。

在唐代佛教的各宗派中，禅宗的势力最大，信奉的人最多。这一宗派不重学习经典，而是通过各种启示的办法，引导他人明心见性，立地成佛。运用偈语进行启导，是禅僧常用的手段之一。诗偈，既有文辞的优美，也有佛法的深意，可读性很高。例如无住的这首《茶偈》，便宛若一杯好茶，熨帖顺口，令人回味无穷。

全诗共四十字，可分为上下两个部分。

第一部分，自"幽谷"至"流杯"句，关键词为"入道媒"三个字。茶树离人越近，受到的侵扰也就越多。正如这篇茶诗中写的那样，幽谷生出的才能算珍贵的灵草。这样的灵草，有什么样的妙用呢？后半句给出了答案，原来可以作为人们"入道"时的媒介。按《历代法宝记》中的记载，无住禅师写这首《茶偈》时，面对的是三十多位来求法学佛的信众。无住禅师对渴望参禅的信众们说：想悟道？那就喝茶吧。"入道媒"三个字，是总领全篇的诗眼，也是无住禅师对茶最为精准的定位。

第二部分，自"静灵"到"门开"句，关键词是"法门开"三个字。后半部分的四句话，颇有禅宗韵味。"明心照会台"一句，典出自禅宗六祖慧能所传的法偈。五祖弘忍，宣布以示法偈选定接班人。种子选手神秀，先写了一篇，文曰："身是菩提树，心如明镜台，时时勤拂拭，勿使惹尘埃。"[①]在厨房干活的慧能，不以为然，也写一则，文曰："菩提本无树，明镜亦非台，本来无一物，何处惹尘埃？"[②]禅宗主张，实相无相。凡是常人耳闻目睹甚至亲身经历，都是假相，也称色相。世界的真实情况和真实性质，则称为实相。神秀的偈，又是菩提树，又是明镜台，又要勤打扫，又怕惹尘埃。显然，他还没有懂得禅宗奥义。

其实哪有菩提树？哪有明镜台？每天清晨一睁眼，看到的就是开门七件事——柴米油盐酱醋茶。无住禅师，劝导众人以茶汤入手，过好每一天的生活。面对"美味入流杯"的茶汤，你不必东想西想，而是应集中精力于眼前。每一杯茶，都可以视为一个点。这些点连接起来，就会变成长长的线。这条线一直连下去，就是我们的生活呀。

茶汤，可静灵，澄清虚识。

茶汤，能明心，照耀会台。

只要认真对待每一杯茶汤，就能够拥有好好度过每一天的智慧。

---

① 尚荣译注：《坛经》，行由品第一，中华书局，2013年，第12页。
②《坛经》，行由品第一，第23页。

茶偈

唐·释无住

幽谷生灵草，堪为入道媒。

樵人采其叶，美味入流杯。

静灵澄虚识，明心照会合。

不劳人气力，直牵法门开。

过山农家

唐·顾况

板桥人渡泉声，

茅檐日午鸡鸣。

莫嗔焙茶烟暗，
chēn

却喜晒谷天晴。①

① 《全唐诗》卷二百六十七。

茶诗，多是文人所作。笔墨，大都集中在"品饮"环节，很少涉及"工艺"领域。唐人顾况的《过山农家》，算是个特例。顾况，晚字逋翁，自号华阳山人。唐肃宗至德二载（757），30岁的顾况登进士第。历任杭州新亭监盐官、温州新亭监盐官、浙江东西使、秘书郎、著作佐郎等职。后因厌倦官场气氛，辞官而去。此诗，大约作于诗人晚年隐居润州茅山期间。

《过山农家》只有四个字，但内容却很丰富。一个"过"字，可解释为"经过"或"路过"，从而表明了诗人客场的身份。故事发生的地点也很特别，是山农的家中，而非府邸豪宅。一旦走出书斋，这首茶诗也就不只是品饮了。也因此它的内容，便有了特别的价值。而且《过山农家》有着十分特别的体例，是罕见的六言绝句。纵观唐代诗歌，六言绝句寥寥无几。《过山农家》，也成了唐代唯一一首六言茶诗，爱茶人不可不读。

全诗二十四个字可分为上下两个部分。前两句写景，后两句记言。每一句，还可再断为三个场景。三个场景，就是三个分镜头。若是拍一部题为《过山农家》的短片，这首诗就是现成的拍摄脚本。画面感极强，又是此诗的一大亮点。

第一个六字，可断为：板桥、人渡、泉声。短片由远处开拍，本是一座板桥。慢慢镜头推进到近处，便见过桥之人。背景音乐，就用潺潺溪水之声。第二个六字，可断为：茅檐、日午、鸡鸣。这次拍摄手法，变为由下至上。先从农家的茅草房开拍，镜头一摇，再给太阳一个特写。既表明了故事发生的天气——晴天，又说明了故事发生的时间——中午。背景音乐，就用声声鸡鸣之音。影片看到这里，主角已经到达指定场景，即山农的家中。由此，便引出第三四两句。顾况到了山农家里一看，原来人家正在忙碌，又是焙茶又是晒谷。这便有了"莫嗔焙茶烟暗，却喜晒谷天晴"

两句。这两句诗，恰好道出了"焙茶"的奥秘。

其实"焙火"，可谓最早的制茶工艺之一。为何要焙茶？大胆推测，可能是近些天来一直阴雨连绵。虽是推测，但也有不少旁证：其一，诗人来的路上听见"泉声"。小溪水声本不应太大，但若是近来雨水频繁，导致溪水暴涨，那"泉声"两个字就解释得通了。其二，只有在空气湿度大的时候，点火烧炭才会容易起烟。所以"焙茶"，才会导致"烟暗"。其三，谷子同样容易受潮，因此才有"晒谷"之事。由此我们可以得出结论：是由于连绵阴雨的天气，使得茶叶受潮。所以用焙的方式，祛除茶中的水汽。这种处理茶叶的方法称为"复焙"，至今仍在使用。

这首《过山农家》，是目前发现的最早讲述"焙茶"工艺的茶诗。顾况与陆羽，生活时代相同。此诗便可与《茶经》互为佐证，说明"焙茶"工艺已有一千多年的历史。其实先人焙茶想法单纯，就是为了去除茶中水分，从而使其在保存过程中不易霉变。可是久而久之，人们发现焙过的茶风味独特，口感也明显优于不焙的茶。焙火工艺，从此受到重视。现如今，焙火的神奇之处，也得到了科学的解释。焙茶过程中，在热的作用下，茶叶中的有效成分进行转化。焙茶工艺，可有效提高滋味甘醇度，增进汤色，发展香气。现如今的焙茶工艺，在《茶经》时代的基础上大为发展，广泛应用于白茶、红茶以及乌龙等茶的制作当中。

可众所周知，焙火茶如今并不走红。因为焙火茶的美好，需要细细品味。可为了迎合市场，打造快销品种，香高汤靓的清香型茶，才更能吸引不了解茶的人。乌龙不但不焙火，甚至有绿茶化的趋势。不焙火的乌龙茶，喝久了伤胃怎么办？管不了那么许多，茶商需要的是畅销，而不是常销。传承千年的工艺，如今却要摒弃。技法精妙的焙茶，如今濒临失传。

长此以往，爱茶人会不会再无焙火茶可饮？不得而知。

过山农家

唐·顾况

板桥人渡泉声，
茅檐日午鸡鸣。
莫嗔焙茶烟暗，
却喜晒谷天晴。

过
山
农
家

九日与陆处士羽饮茶

唐·皎然

九日山僧院，

东篱菊也黄。

俗人多泛酒，

谁解助茶香。①

① 〔唐〕皎然撰：《皎然集》，卷三，四部丛刊初编本，集部第六五四册，商务印书馆，
1929年重印，第21页。又〔清〕彭定求等编：《全唐诗》，卷八百十七，中华书局，
1960年，第9211页。

皎然，俗家姓谢，字清昼，是南朝文人谢灵运的十世孙。皎然僧早年也学儒学道，安史之乱后在杭州灵隐山剃度出家，后来长期居于吴兴杼山妙喜寺，是唐代著名的诗僧。他的另一重身份，是茶圣陆羽的至交好友。不知是不是受了陆羽的影响，皎然一生醉心于茶事。《全唐诗》收其诗七卷，其中茶诗及咏陆诗加在一起多达二十八首。可以讲，皎然的茶诗是研究唐代茶文化不可或缺的珍贵文献。

题目里的"处士"，是对品行高洁且不愿为官之人的称呼。陆羽一生淡泊名利，以"野人"的身份闻名当时。所以皎然在题目里用"处士"二字，也是对茶圣的一种尊称。这次与陆羽一起喝茶的时间，明确说是在"九日"。正文中提到的"菊"，是判断具体日期的重要线索。《礼记·月令》中，有"季秋之月，……鞠有黄华"[①]的说法。鞠，即菊。黄华，即黄花。汉代崔寔《四民月令》也提到，"九月九日，可采菊华，收枳实"[②]。这里的菊华，也就是菊花。所以题目中的"九日"，就是九月九日，即重阳节。

第一部分，即前两句。由于菊花是秋日盛开，和九九重阳节日子挨得很近，所以二者慢慢产生了关联。再后来重阳节渐以敬老为主题，菊花也成了长寿的标志。说到菊花，就不能不说陶渊明。陶渊明的菊花之歌，引发了千百年来诸多文士的共鸣。本诗中"东篱菊也黄"一句，自然就典出陶渊明的咏菊名句"采菊东篱下，悠然见南山"了。菊花自经陶氏品题，就成为隐逸的象征。由此可见，东篱黄菊也为山僧院营造出了一份清雅的气氛。

---

① （清）孙希旦著，沈啸寰、王星贤校：《礼记集解》，卷十七，中华书局，1989年，第477页。
② （汉）崔寔原著，石声汉校注：《四民月令校注》，中华书局，1965年，第65页。

第二部分，即后两句。这里所谓的"俗人"，结合上下文来看，恐怕指的还是陶渊明。比起菊花，陶渊明对酒的痴迷更胜一筹。在陶渊明以菊伴酒的故事中，品格高洁的菊花，竟然成了下酒菜。因此陶渊明文采虽高，皎然却认为他仅是俗人一个。在山僧院中的皎然与陆羽看来，这满庭的秋菊实为茶汤增色三分。谁解助茶香？自然是懂茶之人，自然是爱茶之人。

皎然在茶诗中，曾不止一次批评过陶渊明。其实皎然对待陶渊明轻蔑态度的背后，隐藏着中国文化中的茶酒之争。茶酒之争，酒总是要吃亏的。因为二者虽然各有优点，但茶的缺点明显少很多。酒的缺点，又实在太多。据说大禹时仪狄酿成了一种"旨酒"，味道非常鲜美。但大禹饮过之后，反而说出了"后世必有以酒亡其国者"①的话。这个故事出自《战国策·魏策一》，自然只能当传说故事来听。但是也可见，在前秦时代中国人对酒已经持防备的态度了。毕竟，传说中的夏桀与商纣，都是因滥饮而亡国。汉字中的"酗"字，就是由"酒"与"凶"两个字构成。古人造字时也提醒我们，酒喝多了是一件很凶险的事情。

西周时代开始，已建立了一套比较规范的饮酒礼仪，这也成了重要礼法之一。西周饮酒礼仪可以概括为四个字：时、序、数、令。时，指严格掌握饮酒的时间，只能在冠礼、婚礼、丧礼、祭礼或喜庆典礼的场合进饮。序，指在饮酒时，遵循先天、地、鬼、神，后长、幼、尊、卑的顺序，违序也视为违礼。数，指在饮时不可造次，适量而止，过量亦视为违礼。令，指在酒筵上要服从酒官意志，不能随心所欲，不服也视为违礼。

---

① （西汉）刘向集录，范祥雍笺证，范邦瑾协校：《战国策笺证》，卷二十三，上海古籍出版社，2011年，第1353页。

由此可见，中国酒文化的核心宗旨，便是对酒的高度戒备。

总而言之，中国古人认为，酒要适度饮用，不可以影响正常生活以及理性思考。像陶渊明那样喝大酒的行为，可以理解但绝不能推崇。这首《九日与陆处士羽饮茶》只有短短二十个字，背后却隐藏着中国人崇尚理性、排斥纵欲的深刻文化背景。

少酗酒，多饮茶。保证您，健康快乐度生涯。

仿陈曼生

伯年写

九日与陆处士羽饮茶

唐·皎然

九日山僧院，
东篱菊也黄。
俗人多泛酒，
谁解助茶香。

饮茶歌诮崔石使君
唐·皎然

越人遗我剡溪茗，采得金牙爨金鼎。

素瓷雪色缥沫香，何似诸仙琼蕊浆。

一饮涤昏寐，情来朗爽满天地。

再饮清我神，忽如飞雨洒轻尘。

三饮便得道，何须苦心破烦恼。

此物清高世莫知，世人饮酒多自欺。

愁看毕卓瓮间夜，笑向陶潜篱下时。

崔侯啜之意不已，狂歌一曲惊人耳。

孰知茶道全尔真，唯有丹丘得如此。[1]

① （唐）皎然撰：《皎然集》，卷七《四部丛刊初编》，集部第六五四册，商务印书馆，
　　1929年，第43页。又（清）彭定求等编：《全唐诗》，卷八百二十一，中华书局，
　　1960年，第9260页。

茶道，是如今爱茶人常提及的词语。我国最早提及"茶道"二字的诗歌，是唐代皎然的《饮茶歌诮崔石使君》。皎然一生写涉茶之诗25首，不可谓之不多。在他众多的茶诗当中，最为精彩的要数这首《饮茶歌诮崔石使君》。

诗的题目里，有一个字比较生僻。诮，音同窍，解释为责备或者嘲讽，可以组词作诮诘、诮责或诮斥。纵观上下文，作者皎然和这位崔石使君应是朋友。好朋友之间，将"诮"解释为"责备"就有点重了，还是解释为"嘲讽"更为恰当。皎然要作一首饮茶歌，来嘲讽好朋友崔大人。因为什么事，崔大人要遭受嘲讽呢？想必，和茶有关。

第一部分，自"越人"至"蕊浆"句，讲的是饮茶的过程。越文化，以浙江省为中心。越人送来的茶，自然是浙江的名茶。剡溪，是水名，一般指的是天台山入杭州湾的曹娥江上游部分。具体位置，大致在如今浙江省绍兴市的嵊州境内。唐朝时的剡溪，是爱茶人心中的圣地。越地的朋友，送来了这么好的剡溪茶，诗人自然不能等闲视之。下面的一句中，连用了两个金字。"金牙"指的是名贵的茶芽，"金鼎"指的是名贵的茶器。按照唐代煎茶法烹饮，茶汤中泛起层层沫饽。美味异常，如同仙蕊琼浆。

第二部分，自"一饮"至"烦恼"句，讲的是饮茶的感受。第一碗喝下去，昏昏沉沉的状态荡然无存。第二碗喝下去，神清气爽的状态呼之欲出。再来第三碗，情况又有了变化，一下子便"得道"了。得的是什么道？想必，就是茶道。人们总是在苦苦思考，怎么才能消除忧愁呢？皎然答：喝茶。要想脱离苦海，难道不是应该皈依三宝吗？皎然却说：三饮便得道，何须苦心破烦恼。其实皎然茶诗中的说法，恰好符合佛教禅宗的思想。求人不如求自己。一杯清茶，便可开心，又"何须苦心破烦恼"呢？

第三部分，自"此物"至"如此"句，讲的是茶酒的关系。皎然感叹，茶虽清雅，世人知道的却很少。反倒是饮酒之人，比比皆是。这部分用了两个典故。一个是毕卓，他是东晋时期的官员，常因喝酒而贻误工作。另一个是陶潜，也就是陶渊明，常因畅饮而备受推崇。皎然提到这两位"酒鬼"时，用了"愁看"和"笑向"两个动词。字里行间，透着一股子轻视。显然，皎然不推崇饮酒。后面写"崔侯啜之意不已"，联系上下文可以知道，这位崔大人也是一位好酒之人。皎然作为朋友，不禁要以"诮"的方式进行讽谏。

茶诗最后犀利地指出：真正的茶道，恐怕不是凡夫俗子能体会的吧。那么，到底什么是茶道呢？在皎然看来，连陶渊明采菊东篱下的生活，都带有借酒消愁般的消极。爱茶，是更豁达、更积极、更健康的价值观。清醒地看待世界，涤去心中的昏昧，面对爽朗的天地，这才是爱茶人的生活。皎然的茶诗，奠定了中国茶道健康积极的基调。

饮茶歌诮崔石使君

唐·皎然

越人遗我剡溪茗，
采得金牙爨金鼎。
素瓷雪色缥沫香，
何似诸仙琼蕊浆。
一饮涤昏寐，
情来朗爽满天地。
再饮清我神，
忽如飞雨洒轻尘。
三饮便得道，

饮茶歌诮崔石使君

何须苦心破烦恼。
此物清高世莫知，
世人饮酒多自欺。
愁看毕卓瓮间夜，
笑向陶潜篱下时。
崔侯啜之意不已，
狂歌一曲惊人耳。
孰知茶道全尔真，
唯有丹丘得如此。

饮茶歌诮崔石使君

喜园中茶生

唐·韦应物

洁性不可污，为饮涤尘烦。

此物信灵味，本自出山原。

聊因理郡余，率尔植荒园。

喜随众草长，得与幽人言。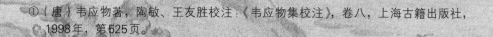

① （唐）韦应物著，陶敏、王友胜校注：《韦应物集校注》，卷八，上海古籍出版社，
1998年，第525页。

韦应物，大约生于公元733年，与茶圣陆羽同岁。他出身于京兆长安的名门望族，其曾祖父韦待价曾是武则天时代的宰相。唐玄宗在位时，15岁的韦应物当上了三卫郎。没有通过科举，便顺顺利利地步入了仕途。与一般的纨绔膏粱不同，韦应物努力工作、勤于政事。但他一方面努力工作，另一方面又想归隐山林田园之中，寻找一种恬静与安闲。这首《喜园中茶生》既是一首茶诗，也可看作韦应物颇具代表性的田园诗之一。

现如今提起"园"字，想到的多半是遍植花卉的公园。可实际上，"园"的本意却没有那么浪漫。《说文》中，解释"园"是"所以树果也"。古时的"园"，本来只是种植果木的场所，韦应物在工作之余，也打理着一处园子。这一日闲逛，突然发现园中有了几株茶苗，诗人不由得高兴不已。因此题目中的一个"喜"字，体现了诗人对园中生茶的欣喜之情。这便是"喜"字的第一层含义。而理解本诗的关键之处就在这一个"喜"字，它可称是本首茶诗的题眼，共有三层含义，后文将慢慢揭晓。

开篇两句，点透了茶的品格。中国的文化传统中，会为植物赋予个性与品格。所以中国文人以诗歌咏诵植物，或是以笔墨绘画植物，其用意皆是寄寓心志。在韦应物眼中，茶具有高洁的性格，绝不可以玷污。在韦应物心中，茶具有清洁的神力，甚至可以涤烦。茶，既是韦应物的知己好友，也在某种程度上是诗人自身的投射。

三四两句，说明了茶的不凡。这里的"信"字，可以解释为语言真实。为什么茶的味道具有灵性？因为他来自远离尘世的山林之间。中国古人，常会根据植物生长的环境赋予其性格特征。例如荷花的珍贵之处，就在于"出淤泥而不染"，由此象征君子的品德及节操。再如兰花的可贵，在于生长在深山静幽无人之处。君子爱兰，以彰显自己不染凡尘的价值取向。因此，"出山原"的茶，自然也就理所当然地具有"灵味"了。

　　五六两句，讲述了茶的种植。诗人在处理完地方的公务之余，随意将茶种植在自己的园子当中。这里的"率尔"二字，透露着无心插柳般的闲适。其实种茶这件事，可远没有那么简单。若是移植茶树，第一二年由于根系功能恢复缓慢，树的吸水能力和抗逆性都会很差。特别是移植后，如果管理不当，确实不容易存活。因此，我国自古的茶树种植，就采用茶籽直接播种的方式。韦应物很可能就是利用种子直接播种的方式种出了茶树。也正因为是种子直接播种，所以起初一切都是未知，也并不知道是否能够萌芽。当有一天诗人突然在园中看到刚刚破土而出的茶苗时，那种欣喜之情实在溢于言表。茶诗读到这里，我们对于"喜"字的第二层含义有了更真切的理解。

　　最后两句，流露出了诗人的情感。小小的茶苗，能够与周遭的植物一同生长，生机勃勃的样子让人欣喜。另一层意思，则更值得人深思。本是"出山原"的灵物茶树，仿佛就是诗人自己。周遭的"众草"，则是暗喻身边的官员同僚。茶树，不一定要回到山原。即使在韦应物的私园中，也都能与众草一起生长。诗人，也不一定要辞官归隐。即使在蝇营狗苟的职场里，也应与同僚和睦相处。诗人题目中流露出的欣喜之情，不仅仅是因为成功孕育出的茶苗。更重要的是，茶为诗人做出了榜样，茶为诗人找到了答案。看到茶树的那一刻，诗人找到了职场困扰的解决办法。这便又是"喜"字的第三层含义了。

　　韦应物，因园中茶生而喜。我们喝茶时，又是因何而喜呢？

　　是茶汤好喝？还是在茶汤里，也看到了可爱的自己？

喜园中茶生

唐·韦应物

洁性不可污，为饮涤尘烦。

此物信灵味，本自出山原。

聊因理郡余，率尔植荒园。

喜随众草长，得与幽人言。

喜园中茶生

与孟郊洛北野泉上煎茶

唐·刘言史

粉细越笋芽，野煎寒溪滨。

恐乖灵草性，触事皆手亲。

敲石取鲜火，撇泉避腥鳞。

荧荧爨风铛，拾得坠巢薪。
cuàn　　chēng

洁色既爽别，浮氲亦殷勤。
　　　　　yūn　yīn qín

以兹委曲静，求得正味真。

宛如摘山时，自啜指下春。
　　　　chuò

湘瓷泛轻花，涤尽昏渴神。

此游惬醒趣，可以话高人。[1]

---

[1]（清）彭定求等编：《全唐诗》，卷四百六十八，中华书局，1960年，第5321页。

这首茶诗的作者刘言史，生平事迹扑朔迷离。总结起来，大致有三不详。第一，他的名字不详。"言史"二字，到底是这位诗人的名？还是字？抑或是号？唐朝人的说法已经不太统一了，我们也就更弄不清楚了。第二，他的生年不详。根据他的好友们的生卒年推断，是在天宝十年（751）前后。第三，他的仕途不详。刘言史诗作数量很多。但至明代以后，刘诗就不明原因地散逸了。在刘言史如今仅存的79首诗中，就有这首《与孟郊洛北野泉上煎茶》。这是刘言史之幸，更是中国茶文化史之幸。

这首诗的题目涵盖了人物、地点与时间。首先，与刘言史一起喝茶的人是大诗人孟郊。很少有人知道，孟郊是茶圣陆羽与诗僧皎然的好朋友，创作过非常精彩的茶诗。至于孟郊与刘言史，更是倾心相交的好友。其次，刘、孟二人一起喝茶的地点是在洛北的郊外。唐宪宗元和初年，孟郊曾在洛阳为官。想必是刘言史访友而至，这才有了二人郊外泉边饮茶的故事。

这首茶诗共90字，可以分为五个部分来解读。

第一部分，自"粉细"至"手亲"句，讲的是煎茶活动的起因。越笋芽，直译就是越地的细嫩芽茶。寒溪，即洛中溪，孟郊此时居于洛阳立德坊，门前溪水萦迴。唐代流行的是煎茶法，说白了也就是煮茶。为了让茶中内含物质更好地析出，所以要先将茶"粉细"成末。又因为是户外泡茶，所以自然要在家碾茶备用。这么好的茶，二人怕辜负了"灵草性"，于是决定茶事中的每一个环节都要亲力亲为。

第二部分，自"敲石"至"巢薪"句，讲的是煎茶活动的水火。点火煮水，总是户外茶事活动的重点与难点。刘言史与孟郊，只能是敲打火石才能点燃新火。接着再寻找清泉，细细撇取以避腥鳞杂质。荧，即微弱之光。铛，即烧水之器。火绝不能大，不然水很快被熬干，可味道却没出来。所以诗人用"荧荧"之火，煎煮铛中的越地芽茶。老哥俩一个人看着火，一个人再去拣一些坠巢之薪，这里比喻所添的柴火不能太过粗大。柴添多了，火变大了，茶也就煎砸了。茶事，马虎不得。

第三部分，自"洁色"至"味真"句，讲的是煎茶的核心。洁色，即指汤色。浮氲，则指香气。这样细心煎煮的茶汤，自然是汤色明快、香气持久。诗人经过一番操作之后，不仅获得了美味的茶汤，那纷繁的心绪也不由得安静了下来。这是一种全身心认真侍茶的态度。奉行这样态度的人，将会在茶事中得到心灵的超越。

第四部分，自"宛如"至"渴神"句，讲的是饮茶的享受。歠，音同辍，可解释为品饮。一杯馥郁鲜浓的茶汤下肚，不由得将饮茶人带回到了茶山的场景。这哪里还是茶汤？分明是春季的芳华。不得不说，这里"指下春"三个字，真是对于茗茶极好的别称了。一杯茶汤，在带给我们美好风味的同时，也无限延展了我们的精神享受。诚如刘言史在诗中所讲，茶真乃"灵草"也。

第五部分，自"此游"至"高人"句，讲的是饮茶的回味。从敲石取火，到撇泉打水。从扇风煎茶，到拾柴添火……刘言史与孟郊一番忙活之后，不仅昏渴尽消，而且趣味盎然。可现代人读到这里不禁要问：这样喝茶，是不是太麻烦了？

其实喝茶这件事，总是要有点仪式感。因为中国人的泡茶法，其精髓在于"游戏感"与"趣味性"。不能做游戏，没有真趣味，那还是中国茶文化吗？

喝茶一定要这么麻烦吗？没办法，恐乖灵草性，触事皆手亲。

喝茶必须要这么麻烦吗？没办法，以兹委曲静，求得正味真。

看来，喝茶总要"麻烦"一些才好。

与孟郊洛北野泉上煎茶
唐·刘言史

粉细越笋芽，野煎寒溪滨。
恐乖灵草性，触事皆手亲。
敲石取鲜火，撇泉避腥鳞。
荧荧爨风铛，拾得坠巢薪。
洁色既爽别，浮氲亦殷勤。
以兹委曲静，求得正味真。
宛如摘山时，自歠指下春。
湘瓷泛轻花，涤尽昏渴神。
此游惬醒趣，可以话高人。

与孟郊洛北野泉上煎茶

凭周况先辈于朝贤乞茶

唐·孟郊

道意勿乏味，心绪病无悰。

蒙茗玉花尽，越瓯荷叶空。

锦水有鲜色，蜀山饶芳丛。

云根才剪绿，印缝已霏红。

曾向贵人得，最将诗叟同。

幸为乞寄来，救此病劣躬。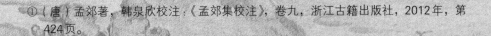

① （唐）孟郊著，韩泉欣校注：《孟郊集校注》，卷九，浙江古籍出版社，2012年，第
424页。

　　孟郊，字东野，湖州武康（今浙江德清）人。他早年多次参加科举，但是一直考场失意。一直到唐贞元十二年（796），才终于考中了进士。考中进士后，孟郊就满怀信心地准备步入仕途了。但是官场比起考场，就更为坎坷不平了。不幸中的万幸，他交了一个好朋友，那便是茶圣陆羽。在陆羽的晚年，孟郊是其知心好友。孟郊是因陆羽而爱茶，还是因爱茶而与陆羽相交，我们如今已不得而知。但可以肯定的是，孟郊的茶瘾一点不比陆羽小。您要是不信，读一读这首《凭周况先辈于朝贤乞茶》便知。

　　题目里的"凭"字，可解释为仰仗与凭借。至于周况，是唐元和三年（808）进士及第。这里就有一个疑点。周况中进士的时间要晚于孟郊，那为何还要称他为"先辈"呢？接着往下读题目，我们发现孟郊是拜托这位周况先生，向朝中的某位贤达求乞好茶。既然是求人办事，自然也要客气些才对。这里的"先辈"一词，也可能就是一种礼貌。

　　自"道意"至"无惊"句，描写的是状态。"勿"与"病"，都是否定的词汇。"乏味"与"无惊"，都是糟糕的心情。这时候诗人的状态，显然不是太好。到底是什么事情，让孟郊如此坐立不安呢？随后的两句，给出了答案。蒙茗，自然是好茶，越瓯一定指茶器。玉花，是蒙茗的美化说法。荷叶，是越瓯的诗意表达。用玉花一词，来凸显茶之珍贵。用荷叶一词，来彰显器之灵动。好茶配好器，孟郊又何必乏味无惊呢？原来好茶已用尽，徒留茶器空。

　　自"锦水"至"霏红"句，点明的是时令。春至河开，冰雪消融，自然就有了锦水鲜色的美景。绿柳时来，万物复苏，于是就有了蜀山芳丛的景观。诗人向茶山方向极目远眺，看到的是远处天际露出一条绿线，整齐得如同裁剪了一般。春天物候变化很快，才稍不留神，绿色的天际线上又多了一抹霏红。将云根比作印缝，用剪绿映衬霏红，这个春天，被孟郊写活了。季节上已是春天，饮食中自然也要有个春天的样子。当然，春茶自然更能代表春天的气息。孟郊抬头看到外面大好春光，低头望见瓯中空空荡荡。触景生情，难免心情低落了。春景写得越美，也就越反衬出诗人的窘迫。这一切的铺垫，都为的是后面的感谢之词。

最后的四句，讲的是茶珍情浓。曾向贵人得，最将诗叟同。讲的是这款茶出身不凡，能得到它的人可谓非富即贵。如前文所述，孟郊在官场中很不得志，照理说是没办法得到这样的好茶。但是好在有这位"周况先辈"仗义出手，帮忙在朝中贤达手中要到了一些，寄来与孟郊品鉴，这才解了燃眉之急。孟郊在无茶可饮时，起初还是"道意勿乏味"的低落，随后便转为"心绪病无悰"的狂躁。当最后得饮好茶时，那种欢快与解脱再一次溢于言表。

不是爱茶之人，不能体会没茶喝的痛苦。不是爱茶之人，不能理解喝好茶的幸福。所以人对于茶，只分爱与不爱，没有懂与不懂。再精通茶学知识，却没有爱茶的情感，也算不得懂茶。

凭周况先辈于朝贤乞茶

唐·孟郊

道意勿乏味，心绪病无悰。
蒙茗玉花尽，越瓯荷叶空。
锦水有鲜色，蜀山饶芳丛。
云根才剪绿，印缝已霏红。
曾向贵人得，最将诗叟同。
幸为乞寄来，救此病劣躬。

凭周况先辈于朝贤乞茶

凉风亭睡觉^{jué}

唐·裴度

饱食缓行新睡觉^{jué}，

一瓯^{ōu}新茗侍儿煎。

脱巾斜倚绳床坐，

风送水声来耳边。①

① （清）彭定求等编：《全唐诗》，卷三百三十五，中华书局，1960年，第3757页。

裴度，字中立，河东闻喜（今山西闻喜县东北）人。河东裴氏，是三世簪缨的河东大族，曾在唐代产生过17位宰相。裴度不仅在789年中了进士，而且在792年和794年中过两次更高级的制科。他在平定淮西藩镇战役中立下功劳，成为唐宪宗时代的英雄。到了唐文宗时，裴度已经是德高望重的三朝元老。但此时的政局，已与宪宗时大不相同了。裴度的宦海生涯起起落落，最终不得不到远离政治中心的洛阳去任职。自此之后，在职场上打拼了一辈子的裴度，终于要退休了。他全心全意地修建位于洛阳集贤里的宅院以及绿野堂别墅，做起了不问世事的散淡闲人。

人们自六朝开始，在山林间庭院里修筑小亭以为游宴之所。由于亭常常作为举办文化活动的场所，因此历代文人记咏亭的文字，真可谓不胜枚举。这首茶诗题目中的凉风亭，大概也是裴度晚年隐居别墅的建筑吧。后面的"睡觉"二字，与今天的意义完全不同。古文里的"睡"字，专指午睡。至于题目中的"觉"字，读音同绝，是觉醒之意。因此本首茶诗题目中的"睡觉"二字，应解释为午觉睡醒。这首茶诗的内容，便是裴度在凉风亭午间小憩睡醒后发生的事情了。

搞清楚"睡"与"觉"的意思，茶诗前两句的意思也就不言而喻了。隐居在家的裴度，过上了悠然自得的慢生活。吃饱了喝足了，在自家的庭院里遛一遛，又甜甜地睡了一个午觉。一觉醒来，旁边伺候的小厮，实在是太有眼力见儿了。裴度迷迷糊糊地吧嗒吧嗒嘴，一碗刚刚煎好的新茶就已经送到面前了。这样的退休生活，实在是羡煞人也。

后面的两句，也有两个字与今天意义不同。首先是巾，古巾有两种，一种用以覆物，一种乃专用以拭手，别称为帨。后来人们把擦手及佩戴之用的巾称为手帕，这样就与洗面之巾区分开了。而帕的本意为裹头，故也称为额巾，亦称抹额。裴度在家里自然不用戴上朝用的官帽，所以诗中的脱巾，摘掉的应该是头上的这块额巾才对。其次是床，古时无凳椅，床榻不但可卧，也可以坐。此外还有一种"胡床"，又与中国传统的床不同，其实就是后来座椅的前身了。据宋代《演繁露》中记载："今之交牀，本自外国来，始名胡牀，隋以讖改名交牀，唐穆宗时又名绳牀。"[1]由此可知，茶诗中"脱巾斜倚绳床坐"一句里，裴度坐的便是这种类似于如今座椅样式的胡床。

前三句用白描的手法，已勾勒出裴度晚年的悠闲生活。但末句更为精彩，为统摄全诗之魂。煎茶时煮水之事，尺寸格外难以拿捏。火候小了，水不熟。火候过了，水又老了。那么茶人如何把握水的火候呢？陆羽《茶经》"五之煮"中写道：

> 其沸如鱼目，微有声，为一沸。缘边如涌泉连珠，为二沸。腾波鼓浪，为三沸。已上水老，不可食也。[2]

由此可见，沸腾时的水泡及声音，是古人判断煮水火候的重要依据。作为爱茶人，我们每天都煮水泡茶。可大部分时间，我们把水倒入电水壶中后，一按开关转身就去做别的事情了。扪心自问，又有谁真正注意过水开时的声音呢？

这首《凉风亭睡觉》之所以是精彩的茶诗，是因为诗人不费力去写应该如何操作茶事，而是点透了应以何种心情对待茶事。裴度在晚年真正放下了职场上的胜败是非，一首《凉风亭睡觉》，四句诗说的都是一个"闲"

---

① 周翠英著：《〈演繁露〉注》，卷十四，中国社会科学出版社，2018年，第285页。其中"牀"即"床"。

② （唐）陆羽著，沈冬梅编著：《茶经》，卷下，中华书局，2010年，第82页。

字。裴度能听到水声，本已是暗喻心绪宁静，善于发现日常生活的美好。可偏偏还用了"风送"二字，表明自己并非刻意费力去听，更显出诗人的惬意与悠然了。

老话说，心静，自然凉。

实际上，心静，茶也甘。

陳鳴遠紫泥色瓷
內光潤題摘坡公句曰
注春花恚似佳人

漢園

凉风亭睡觉

唐·裴度

饱食缓行新睡觉，

一瓯新茗侍儿煎。

脱巾斜倚绳床坐，

风送水声来耳边。

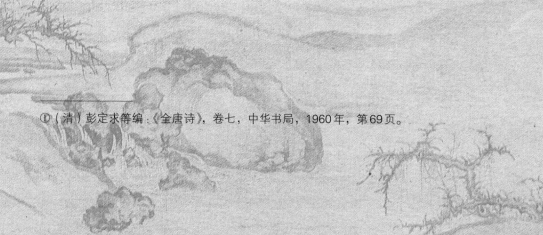

东亭茶宴

唐·鲍君徽

闲朝向晓出帘栊^{zhāo}^{lóng}，茗宴东亭四望通。

远眺城池山色里，俯聆弦管水声中。

幽篁引沼新抽翠，芳槿低檐欲吐红。^{jǐn}

坐久此中无限兴，更怜团扇起清风。①

① （清）彭定求等编：《全唐诗》，卷七，中华书局，1960年，第69页。

雅集，是千百年来中国文人的一种聚会方式。至今被人津津乐道的历代雅集仍然很多。例如，汉代的梁园雅集、西晋的金谷园雅集、东晋的兰亭雅集、宋代的西园雅集等等。雅集不同于一般的遥宴会饮，总要有一个因由。大体而言，逃不出琴、棋、书、画、诗、酒、花、茶这八个字。

饮茶啜茗，可称为茶会。说起"茶会"二字，其实是比较晚近的说法。唐代很少称"茶会"，而大多是叫"茶宴"。这是一个规范的叫法，专指以茶为主题而举办的雅集活动。唐代茶诗中，有数首都以"茶宴"为题。其中鲍君徽的《东亭茶宴》，颇有一些难得之处。总结起来，一是作者难得，二是内容难得，三是立意难得。

鲍君徽，字文姬，为鲍征君之女，是一名宫廷女诗人。唐代茶诗虽多，但由女性书写者极少，这便是此诗第一难得之处了。而根据鲍君徽《乞归疏》的描述，既然鲍家贫穷到"室无鸡黍之餐"的程度，自然不可能再有余力去参加或举办茶宴，那么鲍君徽茶诗中的内容，记录的一定是宫廷茶宴的场景。这也便是我所讲，本首茶诗内容的难得之处。

第一部分，自"闲朝"至"望通"句，讲的是时间和地点。闲朝，即可理解为一个悠闲的早晨。向晓，则是朝着晨曦的方向。由此可见，唐代的这一次宫廷茶宴，举办于一个平静而闲暇的清晨。女诗人走出帘栊幔帐，来到东亭中稳坐。值得注意的是，传统园林中凡是安放亭子的地方，一定是风景最好的位置。例如茶宴举办的地点东亭，就是视野开阔可以远眺赏景的所在。

第二部分，自"远眺"至"声中"句，讲的是视觉与听觉。东亭的视野很好，可以极目远眺城池山色。因此，这一场茶宴的享受便是开始于视觉而非味觉。茶宴上，不仅有视觉的美景，同时也有听觉的享受。亭子很小，自然不可能装下乐队那么多人。于是，主办者便把乐手们安排在远处弹奏。悠扬的乐曲，隔着水面传入东亭，自又是为茶宴增色三分。先是远处的景色，再是亭边的乐声，作者像是一位纪录片的导演，用由远及近的长镜头为我们展现着这次茶会的场景。

第三部分，自"幽篁"至"吐红"句，讲的是奇花异草。幽篁，即幽深的竹林。芳槿，即香花。这两者的描述，暗示了东亭周边环境的优雅。唐代茶宴上最好的装饰，不是金银摆件，不是绫罗绸缎，不是珍玩古董，而是自然的花花草草。我想所谓的生活美学，不一定真的要去收藏昂贵的艺术品或去观看高深的艺术表演。艺术品，不一定等于美。艺术表演，也不一定等于美。大自然，也许才是真正的美。

第四部分，自"坐久"至"清风"句，讲的是意犹未尽。兴，这里读音同幸，解释为兴致或兴趣。虽然茶宴时间不短，但是女诗人鲍君徽却毫无厌倦之意。相反，倒还引起了无限的兴致。团扇在手，送来徐徐清风，整场茶宴的镜头定格于此，给与读者无限遐想。

为什么一场茶宴，会让人有"坐久此中无限兴"的美好感受呢？这是因为这场茶宴，照顾全了人的五感。远眺城池，是视觉的享受。俯聆弦管，是听觉的享受。奇花异草，是嗅觉的享受。香甜茶汤，是味觉的享受。团扇清风，是触觉的享受。鲍君徽笔下的东亭茶宴，是视觉、听觉、味觉、嗅觉、触觉的综合性雅集。

别看是一场宫廷茶宴，却看不到丝毫奢靡之风。茶诗全文没有透露茶器的奢华，也没有彰显茶叶的珍贵，而是重点描述了自然之美的魅力。山色也好，幽篁也罢，都是不需要花钱的事情。亦或者说，是有钱不见得就能享受到的事情。全场茶宴，践行了陆羽"精、行、简、德"的茶学审美观念。这便是这一首茶诗立意的难得之处了。

东亭茶宴
唐·鲍君徽

闲朝向晓出帘栊，
茗宴东亭四望通。
远眺城池山色里，
俯聆弦管水声中。
幽篁引沼新抽翠，
芳槿低檐欲吐红。
坐久此中无限兴，
更怜团扇起清风。

萧员外寄新蜀茶

唐·白居易

蜀茶寄到但惊新，

渭水煎来始觉珍。

满瓯似乳堪持玩，

况是春深酒渴人。①

---

① 谢思炜撰：《白居易诗集校注》，卷十四，中华书局，2006年，第1114页。

白居易到底写了多少首茶诗呢？说真的，当我翻完6册《白居易诗集校注》时，这个数字把自己都惊到了。白居易老先生，前后竟然写过64首与茶相关的诗作。要知道，他的职业是官员，定位是文人。不是做茶人，更不是卖茶人。那白居易为何写了这么多首茶诗呢？归根到底，白老先生与我们一样，是真心爱茶之人。在他众多茶诗当中，写作时间最早的是《萧员外寄新蜀茶》一诗。读白居易的茶诗，不妨就从此开始。

这首《萧员外寄新蜀茶》，写于唐宪宗元和五年（810）。这一年，白居易39岁。身为谏官，客居长安。这时的白居易像个实事记者，频频揭露大唐帝国的阴暗面。以笔当剑，自诩为战士，难免肝火旺盛。幸好，这时的萧员外，寄来了新蜀茶。这么高压的工作，若没有茶的陪伴怎么能行？有人说，喝茶是闲人的事。要我看，越是忙碌的人，才越需要认真喝茶呢。要是没有萧员外，白居易的健康可能真要出问题了。

萧员外到底是谁？可能已成千古之谜。但可以肯定，萧员外是白居易的好朋友。唐代可没有顺丰，寄点东西相当困难。正所谓千里送鹅毛，礼轻情意重。不是铁哥们，又怎么会千里寄茶呢？值得一提的是，萧员外给白居易寄的是蜀茶，白居易一生中最爱的，也是蜀茶。他写蜀茶的诗句有很多，因此这位萧员外对白居易的影响，绝不可小视。

首句"蜀茶寄到但惊新"，是白居易"拆开快递"时的第一感受。这里的"新"字，可以有两种解释，一为"新奇"，二为"新鲜"。若是解为"新奇"，那就是说白居易以前没怎么见过蜀茶，有点说不过去。更何况，题目里已经说了寄来的是"新蜀茶"。因此是萧员外寄来的蜀茶太鲜，惊艳到了白居易。看到茶时的"惊新"，是一种本能反应。四川到长安的距离，当时的运输能力，白居易都心知肚明。因此白居易就算不尝，也知道这款茶的与众不同。所以第一句意为收到萧员外寄来的新蜀茶，只是觉得非常新鲜。请注意，这时对于茶的定义，是靠理性，而非发自内心。这便为下文的转折，做足了铺垫工作。

第二句"渭水煎来始觉珍"，是白居易"开汤喝茶"后的深层感受。开始只是觉得新奇，抱着试试看的心理煎茶。特意找来好水，不可辜负萧员外一片苦心。没想到茶汤入口，竟然如此好喝。从这一刻开始，才真正知道了这款茶的珍贵之处。从"但惊新"到"始觉珍"，不知不觉间，完成了一次蜕变。

不懂茶时，只觉得新奇。读懂茶时，方知其珍贵。

茶的珍贵，与价格昂贵无关。茶的珍贵，与茶汤美味有关。

第三四两句，可以连在一起解读。"满瓯似乳堪持玩，况是春深酒渴人"，翻译过来就是：又有趣，又解酒，真是一杯好茶！茶解"酒渴"，很好理解。茶可"持玩"，不易想象。至于"满瓯似乳"，似乎更与茶联系不到一起。其实茶汤上的白色物质，便是茶皂素。茶皂素的水溶液，就是茶汤。唐代煎茶法与宋代点茶法都会使得茶汤振荡，从而产生持久性的白色泡沫。白居易眼中的"满瓯似乳"，其实就是茶皂素的作用了。古人不知这是茶皂素，而把其认定为茶里析出的"脏东西"，要除之而后快。可现代医学研究表明，茶皂素不但无害，反而对人大有裨益。

白居易，虽然没有现代化学知识，却有一颗爱茶之心。"满瓯似乳堪持玩"，是一种欣赏的眼光，更是一种享受的状态。总抱着怀疑眼光，反复冲洗茶汤中小泡沫的人，终究不会体验到饮茶的乐趣。知识、见识、常识，都是习茶人所必备素养。但更为重要的，还是一双发现"茶之美"的眼睛吧？

"满瓯似乳堪持玩"，您读懂了吗？

跟着古人学品茶：中国最美茶诗

萧员外寄新蜀茶
唐·白居易

蜀茶寄到但惊新，
渭水煎来始觉珍。
满瓯似乳堪持玩，
况是春深酒渴人。

萧员外寄新蜀茶

睡后茶兴忆杨同州

唐·白居易

昨晚饮太多，嵬峨连宵醉。

今朝餐又饱，烂熳移时睡。

睡足摩挲眼，眼前无一事。

信脚绕池行，偶然得幽致。

婆娑绿阴树，斑驳青苔地。

此处置绳床，傍边洗茶器。

白瓷瓯甚洁，红炉炭方炽。

沫下曲尘香，花浮鱼眼沸。

盛来有佳色，咽罢余芳气。

不见杨慕巢，谁人知此味？[1]

---

[1] 谢思炜撰：《白居易诗集校注》，卷三十，中华书局，2006年，第2322页。

纵观人类的医疗史，曾出现过诸多疗法。例如睡眠疗法、放血疗法、饥饿疗法等。随着科学的昌明与进步，许多古老的疗法已经退出了历史的舞台。但中国古人所创制并提倡的"以茶疗病"理念，却因其科学性和实用性得以流传至今。白居易《睡后茶兴忆杨同州》一诗，即可看作用茶调节身体的典型案例。写作这首诗时，白居易已是63岁的老人。步入暮年的他，生活方式倒是有点像如今的夜店青年。

开头两句，诗人便反省自己"昨晚饮太多"，摇摇晃晃，滥饮到天明。熬夜喝酒不算，早上又是暴饮暴食了一餐。吃过之后，原地不动，倒头便睡。起床以后，估计自己也觉得难受。反正"眼前无一事"，于是开始绕着池塘散步消食。景色优美，天气和暖，不由得白老先生"偶然得幽致"了。随后诗人便开始"置绳床""洗茶器"，待等"炭方炽"后煎茶，最终饮下一碗既有"佳色"又有"芳气"的茶汤。色佳气芳的茶汤下肚，诗人自觉是一阵神清气爽。这样美妙的感觉，却一定要志趣相投的爱茶人才可以理解。现如今我们自己得到一份好茶，有时候也要呼朋引伴一起品饮。饮茶的乐趣与幸福，会因分享而加倍。

如白居易的其他茶诗一样，这首《睡后茶兴忆杨同州》从字面上也不难理解。但仔细研读后会发现，这首诗字里行间又暗合着陆羽《茶经》的"九难"之说。

《茶经·六之饮》中写道：

茶有九难：一曰造，二曰别，三曰器，四曰火，五曰水，六曰炙，七曰末，八曰煮，九曰饮。

一难曰造，自然指茶叶的生产。二难曰别，说的是茶叶的鉴别。三难曰器，点明了茶器的重要。四难曰火，五难曰水，都是讲水质的重要。六难曰炙，七难曰末，则是讲唐代的末茶。八难曰煮，这也是煎茶的做法。九难曰饮，自然可以直接翻译成品饮的重要。但这样的说法还很含混，后文中要做详细的解读。

再来回看茶诗原文。"此处置绳床，傍边洗茶器"句，讲的是九难之"三曰器"。"白瓷瓯甚洁，红炉炭方炽"句，讲的是九难之"四曰火"。"沫下曲尘香，花浮鱼眼沸"句，讲的是九难之"七曰末""八曰煮"。而"盛来"至"此味"句，说的便是九难之"九曰饮"。

茶诗结尾的两句，堪称本诗的精髓。因为短短的十四个字，却道出了"九曰饮"的一体两面。从字面上理解，茶的第九难便是品饮。如果是不懂茶的人品饮，自然是难解茶汤之妙，这便不消多说了。即使是精于茶事之人，如果是心不在焉地品饮，也一样不能欣赏到一杯茶汤之美。总而言之，只有用心品饮，才能够享受到"盛来有佳色，咽罢余芳气"的茶汤。但"九曰饮"的含义，又还不止于此。

茶汤的第九难，不光是如何自己品饮，更在于和什么样的人一起品饮。白居易大费周章，品饮到了一杯好茶，按说应该是心满意足。但是老先生望着茶汤暗自神伤，总还觉得缺点滋味。为何如此？因为杨慕巢不在。

中国的酒文化里，常说酒逢知己千杯少，话不投机半句多。

其实喝茶这件事，又何尝不是如此呢？

我们在不断习茶的过程中，寻到了知茶的自己。

我们在不断习茶的过程中，遇到了爱茶的朋友。

渡过"茶之九难"之后，一杯茶汤便又有了别样的韵味。

睡后茶兴忆杨同州

唐·白居易

昨晚饮太多，嵬峨连宵醉。

今朝餐又饱，烂熳移时睡。

睡足摩挲眼，眼前无一事。

信脚绕池行，偶然得幽致。

婆娑绿阴树，斑驳青苔地。

此处置绳床，傍边洗茶器。

白瓷瓯甚洁，红炉炭方炽。

沫下曲尘香，花浮鱼眼沸。

盛来有佳色，咽罢余芳气。

不见杨慕巢，谁人知此味？

睡后茶兴忆杨同州

西山兰若试茶歌

唐·刘禹锡

山僧后檐茶数丛，春来映竹抽新茸。

莞(wǎn)然为客振衣起，自傍芳丛摘鹰嘴。

斯须炒成满室香，便酌砌下金沙水。

骤雨松声入鼎来，白云满碗花徘徊。

悠扬喷鼻宿酲(chéng)散，清峭彻骨烦襟开。

阳崖阴岭各殊气，未若竹下莓苔地。

炎帝虽尝未解煎，桐君有箓(lù)那知味。

新芽连拳半未舒，自摘至煎俄顷余。

木兰坠露香微似，瑶草临波色不如。

僧言灵味宜幽寂，采采翘英为嘉客(wèi)。

不辞缄封寄郡斋，砖井铜炉损标格(jiān)。

何况蒙山顾渚春，白泥赤印走风尘。

欲知花乳清泠味，须是眠云跂(qí)石人。①

---

① 〔唐〕刘禹锡著，陶敏、陶红雨校注：《刘禹锡全集编年校注》，卷九，岳麓书社，2003年，第592页。

刘禹锡一生只写了两首茶诗，别看数量不多，质量却极高。这首《西山兰若试茶歌》，更是堪称唐代茶诗中的经典之作。刘禹锡，字梦得，生于公元772年，比茶圣陆羽小将近50岁。所以从茶文化的角度看，刘禹锡生活在后《茶经》时代。少年刘禹锡跟随诗僧皎然、灵澈等人学习。皎然是陆羽的好友，更是精于茶事的僧人。很可能刘禹锡心中这颗爱茶的种子，在青少年时期就已种下了。

第一部分，自"山僧"至"新茸"句，讲的是试茶的起因。兰若寺的茶园，显然规模不是很大，仅仅有"数丛"而已。诗中的一个"抽"字，下得极为巧妙，将茶芽萌发时的姿态描写得活灵活现，竹下茶树欣欣向荣的长势跃然纸上。

第二部分，自"莞然"至"沙水"句，讲的是新茶的制作。众人摘下的"鹰嘴"，指的便是尖细的茶芽。按照陆羽《茶经》中的记载，唐代流行的应是蒸青绿茶。但是兰若寺的僧人，却是不蒸而炒。所以刘禹锡在兰若寺，试的不只是新茶，更是新工艺的茶。这一边炒茶，另一边已在备水。"金沙"二字，应该泛指优质的泉水。

第三部分，自"骤雨"至"襟开"句，讲的是试茶的过程。"骤雨松声"，指水开时的声响。"白云满碗"，是描述茶皂素产生的沫饽。"骤雨松声"也好，"白云满碗"也罢，都是对茶事活动的艺术化描述。兰若寺僧人制出的茶，香气直喷鼻腔，连宿醉都能消除。胸中的忧愁，自然也都消散到九霄云外了。

第四部分，自"阳崖"至"知味"句，讲的是试茶的闲谈。茶叶质量的高低，与茶树的生长环境有很大关系。就算是同一片茶山，阳坡与阴面的成品茶风格都大有不同。但是兰若寺的茶好喝，更因为种在了竹林莓苔之地。这一部分还举了两个典故。炎帝，即神农氏。他虽是尝茶，怕也是生嚼的鲜叶。《桐君录》的内容，则可见于陆羽《茶经》当中。炎帝与桐君，也都算是茶界的前辈人物了。但按刘禹锡的说法，这二位可都没他有口福。

第五部分，自"新芽"句至"不如"句，讲的是试茶的赞叹。在这一部分，刘禹锡赞叹了兰若寺僧人制茶手艺的高超。纵观全诗，鲜叶摘下来只有炒这一个处理。也正因为只是炒制，才可以达到"自摘至煎俄顷余"的速度，并且做到"悠扬喷鼻宿醒散"的香气。由此我们推出，兰若寺的僧人不光是锅炒杀青，很可能就是朴素的炒青绿茶。中国茶史中关于炒青工艺的第一次记载，就是刘禹锡的这首《西山兰若试茶歌》。

第六部分，自"僧言"句至"标格"句，讲的是僧人的惋惜。僧人感叹：茶本就是性格幽寂之物。有一些沽名钓誉之辈，也听说了西山兰若寺出好茶。但他们可没心思探古访幽，而是直接下单让我快递，拿到手后却根本不知珍惜。本该用"金沙泉"般的好水，他们却只打"砖井"之水。本该用"宝鼎"这样的好器，他们却只拿"铜炉"煎煮。结果自然是风味大减格调全无。

第七部分，自"何况"至"石人"句，讲的是诗人的心声。诚如山僧所讲，那些权贵追求的是茶名而非名茶。那些天天嚷着要喝好茶的贵胄豪富们，真的会好好欣赏一碗茶汤吗？恐怕不会。他们有权搞到好茶，有钱买到好茶，可就是没有心思去品味一杯好茶。他们的心思，都在尔虞我诈的职场斗争上了。

所以全诗最后，刘禹锡指出要想体味出茶汤的美妙，便"须是眠云跂石人"。"眠云跂石人"，也就是代指隐士高人。在这里，刘禹锡点破了饮茶的关键，不只在于茶更在于人。

有谁能享受到茶事趣味呢？刘禹锡告诉我们，须是眠云跂石人。

西山兰若试茶歌
唐·刘禹锡

山僧后檐茶数丛，
春来映竹抽新茸。
宛然为客振衣起，
自傍芳丛摘鹰嘴。
斯须炒成满室香，
便酌砌下金沙水。
骤雨松声入鼎来，
白云满碗花徘徊。
悠扬喷鼻宿酲散，
清峭彻骨烦襟开。
阳崖阴岭各殊气，
未若竹下莓苔地。

西山兰若试茶歌

炎帝虽尝未解煎，
桐君有策那知味。
新芽连拳半未舒，
自摘至煎俄顷余。
木兰坠露香微似，
瑶草临波色不如。
僧言灵味宜幽寂，
采采翘英为嘉客。
不辞缄封寄郡斋，
砖井铜炉损标格。
何况蒙山顾渚春，
白泥赤印走风尘。
欲知花乳清泠味，
须是眠云跂石人。

西山兰若试茶歌

巽上人以竹间自采新茶见赠酬之以诗
xùn

唐·柳宗元

芳丛翳湘竹，零露凝清华。
yì

复此雪山客，晨朝掇灵芽。
duō

蒸烟俯石濑，咫尺凌丹崖。
lài

圆方丽奇色，圭璧无纤瑕。

呼儿爨金鼎，余馥延幽遐。
cuàn　　　　fù　xiá

涤虑发真照，还源荡昏邪。

犹同甘露饭，佛事薰毗耶。
pí yé

啜此蓬瀛侣，无乃贵流霞。①
duō　yíng

---

① （唐）柳宗元著：《柳河东集》，卷四十二，上海古籍出版社，2008年，第687页。

柳宗元，字子厚，祖籍河东（今山西永济），人称柳河东。他生于唐代宗大历八年（773），21岁时中进士。唐德宗贞元二十一年（805），柳宗元与刘禹锡等人一起参加了主张政治改革的王叔文阵营。德宗驾崩，即位的顺宗大力支持王叔文集团的革新。但好景不长，王叔文集团的改革抱负，随着顺宗朝的落幕而烟消云散了。刘禹锡、柳宗元等八人，皆被贬至南方为司马，世称"八司马"。

柳宗元这次被贬，正式的官衔为"永州司马员外置同正员"。唐代永州的治所在今湖南零陵，位于湖南和两广交界处。当时的司马，已渐渐沦为安置谪官的闲职。至于"员外置"三字，即表明任的是定额以外的官职。而"同正员"，是官奉可同正式官员一样。因为官职上说明是"员外置"，所以柳宗元在永州并无官署。幸而城里龙兴寺的重巽和尚颇有情义，在他的帮助下，柳宗元全家得以安顿在龙兴寺西厢房内。重巽和尚是天台宗的领袖，在南方佛教界很有声望。因此柳宗元在诗中尊称其为巽上人。

第一部分，从"芳丛"至"灵芽"句，讲的是茶之脱俗。芳丛，即是茶树的雅称。永州一丛丛的茶树，生长在湘竹当中。雪山客，典出《大般涅槃经》，后世将修行圆满、为求无上妙法而不惜舍弃现世修行的人，尊称为雪山客。柳宗元以"雪山客"指代巽上人，可见重巽和尚在其心目中之地位。后文的"晨朝"二字，点名了采茶是在清早之际。重巽和尚天不亮就来到茶林，可见一僧一俗间的真挚友情。

第二部分，自"蒸烟"至"纤瑕"句，讲的是茶之完美。好的茶树，生长在自然环境良好且人迹罕至的地方。巽上人送来的新茶，是采摘自石濑之畔的芳丛，是生长在丹崖之旁的灵芽，是超凡脱俗的雅物。这样的好茶，自然也要精心制作。唐代的蒸青茶饼，有若干种造型。陆羽《茶经》"二之具"中写道："规，一曰模，一曰棬，以铁制之，或圆，或方，或花。"①所以柳宗元诗文中的"圆方"与"圭璧",都是对于茶饼的美称。

第三部分,自"呼儿"至"昏邪"句,讲的是茶之魅力。这里"呼儿"的用法,与李白"呼儿将出换美酒"②一句相同。而"爨金鼎"三字,恐怕是从诗僧皎然《饮茶歌诮崔石使君》中"采得金牙爨金鼎"③一句化出来的。诗人对于茶汤的香气与口感,只是用"余馥"二字轻轻点出。随即笔锋一转,开始描述饮茶后精神的愉悦。湘竹的映衬,重巽的加持,都不断地增添着这碗茶文化附加值。柳宗元饮一杯茶,既可以"延幽遐",也可以"发真照",甚至还能"荡昏邪"……茶汤的魅力,不光在口感的享受,更在于精神的治愈。

第四部分,自"犹同"至"流霞"句,讲的是茶之救赎。巽上人的这一碗茶汤,已经远不是解渴的饮料,而是净化心灵的良药,犹如甘露薰香毗耶城。后面的蓬瀛侣,指的是得道仙人。流霞,指的是道教仙酒。这两句的含义,即重巽送来的新茶,味道胜过道家仙人享用的美酒。虽然唐代佛道并尊,但柳宗元似乎并不喜欢道教。柳宗元在长安时,对佛教已有兴趣,到了永州,对佛学更为接近。他无力反抗冷酷的现实,又必须在现实中活下去,只有在另一种境界中求得精神的安宁和平服。

在这首诗中,柳宗元不夸茶的香甜,也不赞茶的珍贵,而是突出歌颂茶的洁净。芳丛翳湘竹,零露凝清华,说的是茶树的洁净。圆方丽奇色,圭璧无纤瑕,说的是茶饼的洁净。涤虑发真照,还源荡昏邪,说的是茶汤的洁净。恐怕柳宗元心中的茶,品格就是"洁净"二字了。

中国茶的品格,就藏在历代茶诗当中。

---

① (唐)陆羽著,沈冬梅编著:《茶经》,卷上,中华书局,2010年,第28页。
② (唐)李白著,(清)王琦注:《李太白全集》,卷三,中华书局,1977年,第180页。
③ (唐)皎然撰:《皎然集》,卷七,四部丛刊初编本,集部第六五四册,商务印书馆,1929年,第43页。又(清)彭定求等编:《全唐诗》,卷八百二十一,中华书局,1960年,第9260页。

巽上人以竹间自采新茶
见赠酬之以诗

唐·柳宗元

芳丛翳湘竹，零露凝清华。
复此雪山客，晨朝掇灵芽。
蒸烟俯石濑，咫尺凌丹崖。
圆方丽奇色，圭璧无纤瑕。
呼儿爨金鼎，馀馥延幽遐。
涤虑发真照，还源荡昏邪。
犹同甘露饭，佛事薰毗耶。
咄此莲瀛侣，无乃贵流霞。

巽上人以竹间自采新茶见赠酬之以诗

资圣寺贲法师晚春茶会

唐·武元衡

虚室昼常掩，心源知悟空。

禅庭一雨后，莲界万花中。

时节流芳暮，人天此会同。

不知方便理，何路出樊笼。①

---

① 〔唐〕武元衡著：《武元衡集》，国家图书馆藏明铜活字印本，卷中，第8页。又〔清〕彭定求等编：《全唐诗》，卷三百十六，中华书局，1960年，第3553页。

武元衡，字伯苍，河南缑氏（今河南偃师东南）人。唐德宗建中四年（783）进士。到了武元衡从政的时候，大唐朝已经身患顽疾。藩镇拥兵自重，对于中央朝廷阳奉阴违，颇有尾大不掉之势。这样的局面，一直是安史之乱后唐王朝的常态。到唐宪宗李纯，不能再忍了。原因很简单，再忍下去大唐朝也就该宣告破产倒闭了。于是，武元衡就成了宪宗对付藩镇的左膀右臂，入阁拜相主持对付藩镇的工作。最终，武元衡被藩镇派出的刺客刺杀，横死街头，身首异处。

这首诗的题目把时间地点和人物都交代清楚了。茶诗的起因，是武元衡参加了一场茶会。茶会的举办时间是在晚春，地点是在资圣寺，主办者则就是这位贲法师了。《全唐诗》之中，收武元衡诗二卷，其中只有两首茶诗，且都与寺庙有关，这透露给我们一些重要信息。武元衡，不见得不爱茶。只是工作过于繁忙，只有到了寺庙当中，才偷得半日清闲，得以亲近茶事。武元衡，是一位典型的职场中人。他既享受职场中的荣耀，也背负职场上的压力。即使有"夜久喧暂息"的片刻清闲，心中还是怀着"日出事还生"的焦虑情绪。

这首茶诗，我们可以等分成上下两个部分来品读。

开篇的四句，都是写景。资圣寺的殿宇，平时都是大门紧闭。屋外少有闲人，屋内装潢简单。一场春雨的润泽，寺庙的庭院显得格外清爽干净。盛开的莲花亭亭玉立，这一切，都显得这场茶会禅意十足。可这四句，又不仅仅是写景。前两句看似是写庙宇的环境，实际上用的却是一种高妙的对比手法。僧房的清寂，反衬着朝房的热闹，僧房的布置简单，又暗讽了朝堂的错综复杂。作为一个职场人，武元衡既热爱工作，也会想到逃离。在茶的面前，他仿佛得到了暂时的解脱。

后面两句，也有深意。晚春茶会之上，徐啜几口香茗。茶在带来口感上美妙享受的同时，也从未忘记观照爱茶人的内心。茶汤如春雨，心境似禅庭。一雨过后，禅庭焕然一新。茶汤下肚，心灵似乎也得到了洗礼。那么，为何又出现了莲花呢？自然是与佛教文化相关。但与此同时，又有更深一层的文化隐喻。武元衡深得唐宪宗的信任，职场上可谓顺风顺水。但官做得越大，诱惑也就越多。在纷繁复杂的中唐乱世，想清清白白做人谈何容易？莲花，出污泥而不染，因此也被人们赋予了廉洁自律的文化特质。那万花丛中傲然独立的莲花，正是武元衡自身的心理投射。

后面的四句，是感叹。与今人相比，古人更能深切感受到自然的变化。题目中讲明，这是一场晚春举办的茶会。流芳溢彩的春景，自然也是茶会中欣赏的主题之一。花红柳绿，草长莺飞，四季总是在不停地流转。晚春的景色，也会在不久后消散。"人天此会同"一句，透露了武元衡的心事。他由眼前的春景，想到自己的职场生涯。俗话讲，人无千日好，花无百日红。全身而退，终老林泉，恐怕就是一位宰相最成功的归宿了。当然，参加茶会的武元衡还不知道，这一切最终都成了奢望。

结尾处的两句诗，听起来总觉得耳熟。东晋的陶渊明，就曾有"久在樊笼里，复得返自然"①的诗句。武元衡显然是受其影响，但二人之间的处境又有不同。武元衡不是陶渊明，一般人也不可能成为陶渊明。辞职，不是闹着玩的事情。"何路出樊笼"一句，是武元衡代所有职场人的发问。生活总要继续，工作不必逃避。说走就走的旅行，虽然浪漫却不实际。

资圣寺的晚春茶会上，可能有这样的一番对话。

武元衡：何路出樊笼？

贲法师：喝茶去。

---

① （晋）陶潜著，龚斌校笺：《陶渊明集校笺》，卷二，上海古籍出版社，1996年，第73页。

资圣寺贲法师晚春茶会

唐·武元衡

虚室昼常掩，心源知悟空。

禅庭一雨后，莲界万花中。

时节流芳暮，人天此会同。

不知方便理，何路出樊笼。

资圣寺贲法师晚春茶会

走笔谢孟谏议寄新茶

唐·卢仝(tóng)

日高丈五睡正浓，军将打门惊周公。口云谏议送书信，白绢斜封三道印。

开缄宛见谏议面，手阅月团三百片。闻道新年入山里，蛰虫惊动春风起。(jiān)

天子须尝阳羡茶，百草不敢先开花。仁风暗结珠琲瓃(bèi léi)，先春抽出黄金芽。

摘鲜焙芳旋封裹，至精至好且不奢。至尊之余合王公，何事便到山人家。

柴门反关无俗客，纱帽笼头自煎吃。碧云引风吹不断，白花浮光凝碗面。

一碗喉吻润，两碗破孤闷。三碗搜枯肠，唯有文字五千卷。

四碗发轻汗，平生不平事，尽向毛孔散。五碗肌骨清，六碗通仙灵。

七碗吃不得也，唯觉两腋习习清风生。蓬莱山，在何处？

玉川子，乘此清风欲归去。山上群仙司下土，地位清高隔风雨。

安得知百万亿苍生命，堕在巅崖受辛苦。

便为谏议问苍生，到头还得苏息否？ [①]

---

① [清] 彭定求等编：《全唐诗》，卷三百八十八，中华书局，1960年，第4379页。

一般认为，卢仝生于公元775年，比茶圣陆羽小了40岁左右。从茶文化的角度，我们可以肯定他是生活在"后《茶经》时代"的爱茶人。与很多唐代文人不同，卢仝终生未入仕途。别看是布衣寒儒，却以文采扬名天下。以至于，孟谏议也与他是茶友。孟是姓氏，谏议是官职。唐代的物流条件下，新茶显得尤为珍贵。因此诗人在题目中强调了新茶两个字。至于本首茶诗的体例，应该算是杂言诗。全文262个字，在茶诗里面算是长篇了。为了方便解读，我们将正文拆分为四个部分。

第一部分，为前六句，交代的是故事的起因。

诗人正在午睡，有人敲门惊醒了美梦。开门一问，原来是送茶之人。"开缄宛见谏议面"一句，类似我们写信时常写的"见字如面"。茶诗，便由孟谏议所赠的三百片团饼茶展开。读到这里，大家不禁为孟谏议的大手笔而感叹。现如今的普洱七子饼茶，每一片的标准是357克。孟大人一口气就送了三百片，那岂不是就得有100千克了。且慢。我们不能拿今天的茶叶标准，来理解唐代的茶诗。陆羽时代的一片茶大致为20克。这样一来，孟谏议的"月团三百片"大致也就是6千克。

第二部分，是随后的十句，描写的是茶叶的采制。

当天子要喝阳羡茶时，百草都不敢先开花了。"闻道新年入山里"四句，凸显了茶的珍贵。珠琲瓃与黄金芽，都描述了茶的美好。但这时候说的还是茶青，只有经过"摘鲜焙芳旋封裹"，一款好茶才算完成。在这里，卢仝还给好茶下了定义——至精至好且不奢。至精，说的是工艺。至好，说的是本质。且不奢，说的是分寸。前面四句讲珍贵，后面四句讲精致，其实都是在衬托孟谏议与诗人的友谊。将这么好的茶专程送来，是一份多么用心的情意。诗人不由得自谦：王公贵胄才能享受的好茶，怎么就到了我这山野村夫的家中呢？

第三部分，是后面的十五句，讲的是饮茶。

认真品饮，是对待好茶的基本态度。后文的"碧云"指汤色，"白花"指沫饽。在爱茶人眼里，饮茶总是那么美。茶已烹好，便等着喝了。至此，全诗进入最精彩的桥段。对于茶诗来讲，最难写的是饮茶时的感受。卢仝为此打破了句式的工稳，以表现饮茶时心情的变化。七碗相连，一气呵成，气韵流畅，愈进愈美。

第一碗，润的是喉吻。第二碗，破的是孤闷。继续喝下去，茶不光能调节身体的不适，更能安抚心理上的波澜。以至于三四碗下肚，平生不平之事，已尽向毛孔散去。随着五六碗再喝下去，心情开始变得愈加通透。到了第七碗，竟然飘飘然到了"吃不得也"的程度。这里面既有身体的感受，也有心理的感受。一杯茶汤的欣赏，往往要全方位地调动眼、耳、鼻、舌、身、意、神。从这个角度来看，茶汤的味觉感受与体验过程，是一个由表及里的渗透过程。从喉吻润，一直饮到吃不得，茶汤从口腔流淌进心房。

第四部分，是最后十句。

其实"两腋习习清风生"一句，也是为最后一个部分做铺垫。这是诗中的"针线"，诗人在转折处连缝得极其熨帖。蓬莱，是海上的仙山。卢仝用"归去"，表明了自己也为仙人的身份。他本游走人间，此时却要重返天庭。不是去享受荣华富贵，而是要替凡间百姓仗义执言。问一问天庭的群仙，何时才能让百姓得到苏息的机会。

走笔谢孟谏议寄新茶
唐·卢仝

日高丈五睡正浓，
军将打门惊周公。
口云谏议送书信，
白绢斜封三道印。
开缄宛见谏议面，
手阅月团三百片。
闻道新年入山里，
蛰虫惊动春风起。
天子须尝阳羡茶，
百草不敢先开花。
仁风暗结珠琲瓅，

走笔谢孟谏议寄新茶

先春抽出黄金芽。
摘鲜焙芳旋封裹，
至精至好且不奢。
至尊之余合王公，
何事便到山人家。
柴门反关无俗客，
纱帽笼头自煎吃。
碧云引风吹不断，
白花浮光凝碗面。
一碗喉吻润，
两碗破孤闷。
三碗搜枯肠，
唯有文字五千卷。
四碗发轻汗，

平生不平事，
尽向毛孔散。
五碗肌骨清，
六碗通仙灵。
七碗吃不得也，
唯觉两腋习习清风生。
蓬莱山，在何处？
玉川子，乘此清风欲归去。
山上群仙司下土，
地位清高隔风雨。
安得知百万亿苍生命，
堕在巅崖受辛苦。
便为谏议问苍生，
到头还得苏息否？

走笔谢孟谏议寄新茶

故人寄茶

唐·李德裕

剑外九华英，缄题下玉京。

开时微月上，碾处乱泉声。

半夜邀僧至，孤吟对竹烹。

碧流霞脚碎，香泛乳花轻。

六腑睡神去，数朝诗思清。

其余不敢费，留伴读书行。①

---

① 〔唐〕李德裕撰，傅璇琮、周建国校笺：《李德裕文集校笺》，别集卷三，中华书局，2018年，第579页。

　　李德裕，字文饶，河北赵郡人。在碌碌无为的晚唐宰相中，李德裕显然是个另类。他绝非尸位素餐之辈，而是一位颇有成就的政治家。历朝历代，对于李德裕的评价都非常高。在唐代，即使是达官显贵，喝到好茶也不容易。当然，身处高位的李德裕，总不缺人孝敬。但题目里，说明是"故人"而非"生人"。也就是说，寄茶是"分享"而非"贿赂"。这一碗茶，喝的是"闲情"而非"俗事"。李德裕，自是会认真对待。

　　第一部分，自"剑外"至"玉京"句，讲的是好茶的来源。所谓"九华英"，指的应是九华茶。这种茶产于安徽青阳西南的九华山（现为中国佛教四大名山之一）。此时的李德裕，正在长安为相。所以安徽的"九华英"制成后，才要缄题封印送往京城。李家与茶，渊源深远。李德裕的祖父李栖筠，曾任常州刺史，与茶圣陆羽颇有交集。李德裕想必也受到家庭环境的熏陶，而成为爱茶懂茶之人。友人寄来九华茶，也暗合了白居易"不寄他人先寄我，应缘我是别茶人"的说法了。

　　第二部分，自"开时"至"泉声"句，讲的是饮茶的准备。《茶经·六之饮》中写道："茶有九难：一曰造，二曰别，三曰器，四曰火，五曰水，六曰炙，七曰末，八曰煮，九曰饮。"这其中，"六曰炙，七曰末"便应对着这首《故人寄茶》的三四两句了。唐代是蒸青茶饼，喝之前要用茶碾破型，这便有了"碾处乱泉声"的诗句。除此之外，这两句有个细节，值得格外关注。既是"微月上"，说明诗人喝茶时已是入夜。为何不白天喝茶？估计是忙于公务。为何要晚上喝茶？自然要缓解疲劳。

　　第三部分，自"半夜"至"花轻"句，写的是饮茶的过程。李德裕得到九华英，特意邀请高僧一同品尝。有了好茶，并不是请来王公贵胄，也不是叫来同僚部署，而是"半夜邀僧至"。也就是说，李德裕希望喝茶时聊聊文学、聊聊艺术、聊聊禅机，就是别再聊工作了。诗人用"孤吟"二字略一点染，静夜饮茶的场景一下子就生动鲜明起来了。静夜中，嘉友至。卸掉俗事的包袱，诗人眼中的茶汤，自然如流碧般华美。舌尖的茶汤，也便泛起阵阵清香。

第四部分，自"六腑"至"思清"句，写的是饮茶的感受。六腑，指的是胃、大肠、小肠、三焦、膀胱、胆，主管消化吸收与排出糟粕。昏沉的浊气，自然也该由六腑排出体外。这才有了"六腑睡神去"一句。一杯茶下肚，涤昏祛睡顿觉清爽。被繁冗公事压制的灵感，一下子都涌现了出来。便又有了"数朝诗思清"一句。李德裕虽从政，但更爱文。茶事，让李德裕暂时忘却了俗事。这一刻，丞相李德裕消失了。这一刻，文人李德裕出现了。放下工作，回归自我，这才是茶的千年魅力。

第五部分，自"其余"至"书行"句，表明的是茶人的惜物。剩下的茶，不敢有丝毫的浪费。小心翼翼地收藏起来，以备下次再饮。其实，李德裕珍惜的不光是茶，更是饮茶的时光。不论贫贱富贵，生活中都会有烦恼。一味地纠结过去与未来，当然无法安心过好当下的日子。这时候，茶便有了作用。先从准备到烹煮，再从品饮到回味……

茶事，让我们专注于当下这一刻。人会变得无所挂碍，自由自在。这样的状态，又怎能让李德裕不去珍惜呢？

跟着古人学品茶：中国最美茶诗

故人寄茶

唐·李德裕

剑外九华英，缄题下玉京。
开时微月上，碾处乱泉声。
半夜邀僧至，孤吟对竹烹。
碧流霞脚碎，香泛乳花轻。
六腑睡神去，数朝诗思清。
其余不敢费，留伴读书行。

春日茶山病不饮酒因呈宾客

唐·杜牧

笙歌登画船，十日清明前。

山秀白云腻，溪光红粉鲜。

欲开未开花，半阴半晴天。

谁知病太守，犹得作茶仙。[1]

---

① （唐）杜牧著：《樊川文集》，卷三，上海古籍出版社，1978年，第53页。

众所周知，陆羽是茶圣。罕为人知，杜牧是茶仙。当然，这二人的"职称"得来的方式不同。陆羽的茶圣，由后人尊奉而来。杜牧的茶仙，是自己加封而得。这一切，还得从他的茶诗《春日茶山病不饮酒因呈宾客》讲起。

杜牧，字牧之，京兆万年县人。杜牧出身的京兆杜氏，是魏晋以来数百年的高门望族。在杜牧10岁之前，家庭条件都十分优渥。他的祖父杜佑自淮南节度使入朝为相，历相三帝，资望很高。杜牧的伯父与父亲也都做官，家族一时贵盛无比。正所谓，人无千日好，花无百日红。随着祖父与父亲的相继去世，杜牧10岁后的生活状况急转直下，可以说大不如前了。好在杜牧发奋学习，于唐文宗大和二年（828）进士及第，时年26岁。当然，杜牧的官场生涯也并不顺利，比起他的祖父，杜牧在政坛上可谓一无所成。

题目里的茶山，指的是顾渚山，也就是唐代贡茶的产地。唐代前期的皇帝，并没有把茶视为饮料，而更多将其作为治疗"风疾"与"头疼"的药物。久而久之，贡茶成为一种制度。顾渚山，位于唐代浙西道中部常州、湖州交界的地方。所以贡茶一事，是由常州、湖州二刺史共同监造，再总之于浙西观察使后奉进宫廷。

第一部分，自"笙歌"至"粉鲜"句，讲的是茶山景色。杜牧在湖州刺史任上，工作之一便是督造贡茶。但是由于顾渚山特殊的地理位置，贡茶事务却是由湖州刺史与常州刺史两位地方官负责。其实不管是湖州还是常州，敬献的都是名为紫笋的蒸青绿茶。但是在湖州刺史与常州刺史看来，天子如果率先喝到了自己境内的茶，那可是无上光荣了。所以，湖州与常州是一种竞争关系。杜牧，自然不是谄媚之人。但对于贡茶之事，他也绝不敢懈怠。因为皇帝在清明宴上，必须尝到当年的新茶。

杜牧这里的"十日清明前"一句，说的便是将湖州贡茶急送京城，以供清明宴上使用。呈送贡茶入京，是一件荣耀的事情。所以不仅要吹吹打打，连运送的船只也需装饰一番。杜牧作为地方长官，亲自上船相送。画船开动，两岸的湖光山色尽收眼底。清明之前，江南风光正美。秀丽奇骏的山川，绵密细腻的白云，波光粼粼的溪水，年轻靓丽的美女。短短十个字，将周遭美好的景物描述殆尽。

第二部分，自"欲开"至"茶仙"句，讲的是作者心态。杜牧爱花，却又怕花绽放。花不开，则无趣。花全开，又易损。天全阴，则压抑。天全晴，又太晒。杜牧登船这一天，花是欲开未开，天是半阴半晴，一切都是刚刚好。

至于本诗最后"谁知病太守"一句，也并非虚言。这时的杜牧，确实已经是体弱多病。写下这首茶诗仅一年之后，也就是大中六年的冬天，杜牧在长安得了重病。不久即死去，年50岁。

杜牧才情横溢，生平所作诗文很多。大中六年冬病重时，杜牧强打精神将作品检阅了一遍，随即烧掉了大半。最终留下来的诗文，不过十之二三而已。但在这种情况下，我们至今仍可看到关于湖州茶事的诗文四首，即《入茶山下题水口草市绝句》《茶山下作》《题茶山》以及《春日茶山病不饮酒因呈宾客》。与茶相伴的日子，可能是杜牧一生中最快乐的时光。

春日茶山病不饮酒因呈宾客
唐·杜牧

笙歌登画船，十日清明前。
山秀白云腻，溪光红粉鲜。
欲开未开花，半阴半晴天。
谁知病太守，犹得作茶仙。

春日茶山病不饮酒因呈宾客

贡余秘色茶盏

唐·徐夤

摭翠融青瑞色新，陶成先得贡吾君。

巧剜明月染春水，轻旋薄冰盛绿云。

古镜破苔当席上，嫩荷涵露别江濆。

中山竹叶醅初发，多病那堪中十分。①

---

① （唐）徐夤撰：《徐公钓矶文集》，卷十，第2页，见《唐皇甫冉诗集附唐皇甫曾诗集 梨岳诗集 新雕注胡曾咏史诗 徐公钓矶文集 忠愍公诗集》[四部丛刊三编本（六〇）]，上海书店，1985年，据商务印书馆1936年版重印。

徐夤，字昭梦，号钓矶，泉州莆田（今福建莆田）人。他生于唐宣宗大中三年（849），卒于梁末帝龙德元年（921），享年73岁。他一生著述颇丰，现存赋47篇，诗269首，为唐末五代闽人之冠。《全唐诗》收录徐氏诗作245首，其中以茶为题的诗有两首，其一为《尚书惠蜡面茶》，另一首便是《贡余秘色茶盏》。《尚书惠蜡面茶》是最早赞颂武夷茶的诗歌，对于福建茶史意义重大。至于《贡余秘色茶盏》，则又是最早歌咏茶盏的茶诗。因此，虽然徐夤存世的茶诗不多，但对于中国茶文化研究却有补白之功。

根据文献可知关于秘色瓷的两个关键问题。第一，秘色瓷由越窑生产，并且是越窑瓷器中的顶级作品。第二，所谓秘色并非一种特定颜色。因为这种瓷器需进贡皇帝，臣子不得赏玩。久而久之，就成了神秘的瓷器，故而称为秘色瓷。那徐夤又是怎么得到秘色瓷的呢？可巧，五代十国时期，越窑归吴越国所有。徐夤所在的闽国，又与吴越毗邻，自然是近水楼台先得月。再加上五代十国时期，皇权更迭频仍，制度并不那么严格。徐夤这才有机会，拿到上贡后剩余的秘色茶盏。

全诗共八句56个字，可分为三个部分来赏析。

第一部分，自"掠翠"至"吾君"句，赞美的是茶盏的秘色。掠，音如列，可解释为折断。这里的"掠翠融青"四个字，形容的是秘色茶盏的颜色。那不是一种简单的绿色，而是将嫩枝折断后，露出的悦人青翠。如今人们形容秘色瓷时，还多引用陆龟蒙《秘色越器》一诗中"九秋风露越窑开，夺得千峰翠色来"[①]两句。陆氏在《茶瓯》一诗中形容越窑茶盏，也

---

① 何锡光校注：《陆龟蒙全集校注》，唐甫里先生文集卷之十二，凤凰出版社，2015年，第710页。

有"岂如珪璧姿，又有烟岚色"①两句。宛如珪璧碧绿，又似千峰翠色，这也都与掞翠融青异曲同工。总之，釉色这样美妙的茶盏，自然要"陶成先得贡吾君"了。

第二部分，自"巧剜"至"江渍"句，描述的是茶盏的功用。剜，音如湾，就是用刀挖的意思。唐代晚期，越瓷的原料加工和制作都很精细。器形规整，胎面光滑，釉层匀净，胚体显著减轻。釉色滋润而不透明，隐露精光，如冰似玉。徐夤形容茶盏晶莹剔透，仿佛是从皎洁的明月中挖下来的一般，又像是从薄透的寒冰里刨出来的一样。春水，则是茶汤的雅称。美味的茶汤，在秘色瓷盏的映衬下，泛着幽幽的碧光。远远望去，仿佛是一枚长满绿锈的古朴铜镜。定睛一看，又好似一片刚从江边摘下的娇嫩荷叶。茶盏，因茶汤而更加灵动。茶汤，因茶盏而摇曳多姿。最终，茶汤与茶盏融为一体，共同呈现出绝世美感。

根据陆羽《茶经·四之器》可知，不同釉色的茶盏，会将茶汤呈现出不同的状态。邢窑因为釉白，所以茶汤注进去会发红。越窑因为釉青，所以茶汤注进去会发绿。青绿的茶汤，最符合唐人的审美。所以在茶器的选择上，陆羽主张取越窑而舍邢窑。陆羽《茶经》中"越瓷青而茶色绿"一句，正是对徐夤"绿云"二字最佳的注解。

第三部分，自"中山"至"十分"句，体现的是作者的幽默。中山，是美酒的一种，典出《搜神记》。竹叶，也是美酒的一类，因酒色浅绿似竹叶而得名。作者在这里，用了比喻的手法。正如陆羽《茶经》中所说，越窑瓷的釉水可将茶汤映衬成绿色。乍一看，盏中盛的仿佛是碧澄澄的竹叶美酒，似乎还散发着扑鼻的香气。徐夤拿着茶盏开玩笑地说：这碧莹莹

---

① 《陆龟蒙全集校注》，唐甫里先生文集卷之六，第403页。

的汤水是茶吗？怎么越看越像是竹叶酒呢？我这多病之身，会不会喝下去就醉了呀。

　　徐夤《贡余秘色茶盏》一诗的价值，绝不仅仅在于记录了一款传说中的茶器。诗人遵循着陆羽《茶经》的视角，细致描述了茶汤与茶盏间的互动。这首茶诗虽以茶盏为题，实际上却仍以茶汤为中心。这样的茶事美学思维，仍值得今天的爱茶人借鉴。

尝生先生製此壺

閒陽羨窯砂陶之　伯年圖

贡余秘色茶盏

唐·徐夤

捩翠融青瑞色新，

陶成先得贡吾君。

巧剜明月染春水，

轻旋薄冰盛绿云。

古镜破苔当席上，

嫩荷涵露别江渍。

中山竹叶醅初发，

多病那堪中十分。

咏茶十二韵

唐·齐己

百草让为灵，功先百草成。

甘传天下口，贵占火前名。

出处春无雁，收时谷有莺。

封题从泽国，贡献入秦京。

嗅觉精新极，尝知骨自轻。

研通天柱响，摘绕蜀山明。

赋客秋吟起，禅师昼卧惊。

角开香满室，炉动绿凝铛。

晚忆凉泉对，闲思异果平。

松黄干旋泛，云母滑随倾。

颇贵高人寄，尤宜别馈盛。

曾寻修事法，妙尽陆先生。①

---

① 王秀林著：《齐己诗集校注》，卷六，中国社会科学出版社，2011年，第296页。

　　齐己，是唐末五代之间的著名诗僧。在唐代两千多位诗人中，齐己的存诗数量排名第五，共814首。排在他前面的四位分别是白居易、杜甫、李白、元稹。齐己俗家的名字应为胡得生，是湖南益阳人。关于齐己的生卒年，史料没有明确的记载。现大致认定，他生于唐懿宗咸通五年（864），卒于后晋天福八年（943）或稍后，享年80岁。[①]齐己的这首茶诗，是典型的近体诗。唐代兴起的近体诗，以律诗为代表。超过了八句的律诗，就称为长律。长律一般是五言的，往往在题目上标明韵数。这种长律除了首尾两联以外，一律要求对仗，所以又叫排律。《咏茶十二韵》全诗是十二韵，一百二十字，大致可分为六个部分来解读。

　　第一部分，自"百草"至"前名"句，可概括为"赞茶"二字。所谓"百草让为灵，功先百草成"两句，似是从卢仝"天子须尝阳羡茶，百草不敢先开花"[②]中运化而出。百草，为何以茶为灵？香茶，为何为百草之魁？后面的诗文，给出了答案。茶，人见人爱，多半因为口味美妙。汤水中的苦涩感，会转为一种美妙的回味。苦涩转化出的味道，就是甘。甘，只是程度很轻的甜，伴有丝丝的生津。仅看"甘传天下口"一句，就可知齐己是懂茶之人。

　　第二部分，自"出处"至"秦京"句，可概括为"收茶"两个字。这里的"出处春无雁"，承接前文的"贵占火前名"，都是对春茶的赞美。采茶之时，连年前南去过冬的大雁，都还没有成群北归。可收到茶时，似乎已经是谷子成熟的时候了。春季采制的好茶，为何秋季才收到呢？这其

---

① 刘雯雯著：《唐代诗僧齐己研究》，吉林文史出版社，2016年，第16页。

② （唐）卢仝撰，《玉川子诗集》，卷二，四部丛刊初编本，集部第七七三册，商务印书馆，1929年，第8页。又（清）彭定求等编：《全唐诗》，卷三百十六，中华书局，1960年，第3553页。

中，也有隐情。产茶之地，是南方的泽国。收茶之地，是北地的秦京。关山相隔，何止千里。再加上唐代中期之后，藩镇割据战火频起，自南往北运送好茶谈何容易呢。"谷有莺"之时，能喝到"春无雁"之际的好茶，就已经是非常幸福的事情了。

第三部分，自"嗅觉"至"山明"句，可概括为"尝茶"两个字。前面两个部分，可视作诗人拿到茶后的感慨。自此刻起，才是正式开始饮茶。喝茶前，先深嗅茶香。沾唇轻啜，不仅甘美，更可使人肌骨轻灵飘飘欲仙。此时，诗人一笔荡开，从茶碗写到了茶山。诗中的"摘"，自然是采摘茶青。至于"研"字，指的是唐宋制茶法中的研茶工艺。唐人不认为研茶越细越好。但宋人研茶，却追求极细。齐己生活在唐末五代，正是研茶工序由粗犷转为细致的时期。所以隆隆研茶之声，环绕茶山不绝于耳。

第四部分，自"赋客"至"凝铛"句，可概括为"品茶"两个字。"角开香满室"一句，有刘禹锡"斯须炒成满室香"①的影子。这样的好茶，不仅是解渴的饮料。细细品味后，文人能思绪万千，僧人可破除睡魔。这里的"角"字，是宋代邮寄制度中常见的用语。一份缄封好的邮件，时称递角，或递筒、邮筒，又或皮角、皮筒，以上说法均可简称为"角"。所以"角开"，也就是打开邮寄而来的好茶。

第五部分，自"晚忆"至"随倾"句，可概括为"回味"两个字。前面两句，用的是倒装的手法。茶汤下肚，引得诗人思绪万千。后面两句，出现了两种药材，即松黄和云母。松黄，即松花粉。唐人饮茶多要加这两样东西，一方面有药食同源的考虑。另一方面，恐怕也因那时的茶还不够

① （唐）刘禹锡撰，陶敏、陶红雨校注：《刘禹锡全集编年校注》，卷九，岳麓书社，2003年，第592页。

好喝。松花能增香，云母可润滑，加进去会提升口感。

第六部分，自"颇贵"至"先生"句，可概括为"妙法"两个字。友人寄来这么好的茶，自然得特别鸣谢一番。齐己的"曾寻修事法，妙尽陆先生"两句，与无住《茶偈》中"不劳人气力，直耸法门开"有异曲同工之妙。他们都是告诫世人，禅法智慧就在一杯茶汤当中。僧人以佛经，开示信众。陆羽以茶事，普度众生。从这点来看，陆先生不愧为佛门弟子。

仿陳曼生

紹年寫

咏茶十二韵

唐·齐己

百草让为灵，功先百草成。

甘传天下口，贵占火前名。

出处春无雁，收时谷有莺。

封题从泽国，贡献入秦京。

嗅觉精新极，尝知骨自轻。

研通天柱响，摘绕蜀山明。

赋客秋吟起，禅师昼卧惊。

角开香满室，炉动绿凝铛。

晚忆凉泉对，闲思异果平。

松黄干旋泛，云母滑随倾。

颇贵高人寄，尤宜别匮盛。

曾寻修事法，妙尽陆先生。

汤 戏

唐·释福全

生成盏里水丹青，

巧画工夫学不成。

却笑当时陆鸿渐，

煎茶赢得好名声。①

① 〔北宋〕陶谷撰，孔一校点：《清异录》，卷下，见〔北宋〕陶谷、吴淑撰，孔一校
点：《清异录 江淮异人录》，上海古籍出版社，2012年，第102页。

这首茶诗见于陶谷所著《清异录》一书。陶谷，字秀实，生于唐昭宗天复三年（903）。此人强记嗜学，博通经史。《清异录》采摭唐至五代流传的掌故词语若干条，每条下各出事实缘起，以类编排为三十七门，广为包罗无所不备。陶谷生于唐代末年，历经五代十国，最终卒于宋初。《清异录》中所记载的奇闻轶事，也多发生在唐末五代时期。另一方面，《全唐诗补编》中也收录了此诗，所以笔者仍将这首《汤戏》归入唐代茶诗研究范畴之内。

全诗只有二十八个字，可分为上下两个部分来欣赏。

第一部分，即前两句，讲的是汤戏技艺。汤戏这项技艺，始于唐，兴于宋。明清饮茶方式发生变革，这手绝活儿也就随之失传了。现如今只能通过文献，来了解这项古老而神秘的技艺了。幸好，陶谷《清异录·茗荈门》"茶百戏"条目，详细记载了这项技艺的操作方式。汤戏与茶百戏其实是一回事。高手可以利用汤纹水脉，形成花鸟鱼虫飞禽走兽等各种图案。由于宛若在茶汤中作画，所以诗中便有了"水丹青"的说法。

这项技艺，是以点茶法为基础。具体而言，操作者先磨粉调汤，再用滚烫的热水冲击茶粉。就在沸水点茶之际，另一只手持茶筅搅拌敲击茶汤。最终茶粉与沸水交融，泛起像云朵一样层层叠叠的泡沫。福全这样的高手，搅拌力度巧妙，时机拿捏得当，茶汤表面就形成了精美的纹路。再经过艺术化的处理，就有了"禽兽虫鱼花草"等各种花样。想在茶汤表面作画，要以极为熟练的点茶技艺为基础，绝非速成之事。像福全那样能在茶碗中点字作诗的人，绝对是顶级高手了。

第二部分，即后两句，讲的是汤戏奥秘。福全和尚手法高妙，赢得了众多粉丝。各位施主踏破了庙里的门槛，只为一睹大师的汤戏表演。但是诗文的后两句，细细咂摸，似乎是在哂笑陆羽。福全和尚之所以"却笑当年陆鸿渐"，是因为茶圣只知煎茶而不懂点茶。这当然是对茶圣的一种苛求，但我们也不禁要问，点茶比起煎茶，又有什么高妙之处呢？

点茶人技术高超，点出茶汤泡沫会丰富而持久。福全和尚的汤戏之技，也全要以这些泡沫来做文章。但是茶汤泡沫的持久，不过是相对而言罢了。随着茶汤温度下降，本已溶于水的茶粉又会慢慢分离出来。这时候非但茶香没有了，上面的泡沫也都消散了。基于以上种种考虑，当时的人讲究要趁热饮茶。《清异录》中所说这些"纤巧如画"的图案，实际上非常容易"须臾即就散灭"。这便是汤戏表演真正的技术难点。福全和尚能够在刹那之间完成茶诗的书写，确实令人叹为观止。但想要真正理解福全大师的用心，还要从这项技艺的社会背景入手。

汤戏，始于唐，兴于宋。这时的科举制度逐渐完善，并慢慢走向成熟。读书人可以平步青云，由布衣而宰相，但也可以一落千丈，由显贵而潦倒。这种极大的反差，总是给人以巨大的刺激。茶汤上美轮美奂的图案，不正如眼前的功名利禄吗？顷刻之间，都散灭于无形。所以众檀越欣赏福全的汤戏，实际上也是在感悟自己的人生。点茶背后的这层隐喻，煎茶确实并不具备。这时我们便可理解，福全"却笑当年陆鸿渐"的原因了。福全和尚，借汤戏的手法，承载对芸芸众生的警示。

唐宋之间的茶百戏，本是完全以击打茶汤来呈现图案。现代的茶百戏，却完全不是如此。人们或是将茶汤调得足够稠，或是将茶沫打得足够厚，然后用一根细竹签蘸着浓稠的茶糊在上面写字作画。据说这样画出的图案，可以在茶汤上持续一两个小时。这可实在太妙了。大家就可以掏出手机，选取各种角度拍照。再加上茶人从旁讲解说明，这可谓尽欢而散。可是现代版的汤戏，"须臾散灭"的哲理却是荡然无存了。

现代茶人的汤戏，卖弄的是新奇。

福全和尚的汤戏，讲述的是人生。

汤　戏

唐·释福全

生成盏里水丹青，

巧画工夫学不成。

却笑当时陆鸿渐，

煎茶赢得好名声。

汤
戏

题茶诗与东坡

北宋·释了元

穿云摘尽社前春，

一两平分半与君。

遇客不须容易点，

点茶须是吃茶人。[1]

① 北京大学古文献研究所编：《全宋诗》第一二册，卷七二一，北京大学出版社，1993年，第8332页。

纵观苏轼的一生，他与佛门有着不解之缘。在苏轼朋友圈里的僧人中，故事最多的就是这首《题茶诗与东坡》的作者佛印禅师。这位大和尚俗姓林，法号了元，字觉老，饶州（江西省）浮梁人。佛印比苏轼稍长四五岁，仍可算是同龄人。他自幼先学习儒家经典，后又拜宝积寺日用和尚为师学习禅法。因而身为僧人的佛印，与士大夫阶层沟通起来毫不违和。这首《题茶诗与东坡》，是两人交往的重要见证。

在前两句诗中，佛印只用了三个词，就精准地点明了这款茶的珍贵之处。第一个词是穿云，即穿越云雾。需要"穿云"才能到达的地方，那得是多原生态的环境呀。佛印这次寄的茶，不是大田茶，而是生长在深山老林的荒野茶。得天地之精华，无污染纯天然。第二个词是摘尽。这描述的是采茶的过程。荒野茶，都是散落在林间，所以采茶人搜罗遍了整个山头，也不见得能采到多少茶青。等把本就有限的茶青做完后再看，剩下的成品茶就更少了。第三个词是社前，即社火前。其时间大致相当于清明前。古时的社前春，即类似于今天的明前茶了。穿云，说的是产地好。摘尽，说的是工匠巧。社前春，说的是时节早。佛印和尚说：这样珍贵的茶，我也只有一两，但是我仍然愿意平分给你苏轼。咱俩的情谊如何，也就不言而喻了吧？

后面的两句，就是佛印对苏轼的叮嘱。容易，即随意、轻意之义。佛印送去好茶，不忘追着说道，这样的好茶是给你苏轼喝的，当然你招待客人也行，但想喝这样的好茶，得是"吃茶人"才行。吃这个字，在古代一般不当"吃东西"讲，而是解释为行动迟缓的样子。现代汉语中"口吃"一词，沿用的就还是这个意思。古人表示"吃东西"的意思时，一般都用"喫"字。还有一点与今人不同，那就是古代"饮"和"食"都可以说成"喫"。例如，喝酒即写作喫酒，喝茶即写作喫茶。现代汉语里不怎么用"喫"字了，倒是南方仍有吃酒、吃茶的说法，这其实是颇有古人遗风的了。

对于中国人来讲，茶是生活的一部分。中国有不产茶的省，却没有不喝茶的人。上至达官显贵，下到平民百姓，谁的生活都离不开茶。对于中国人来讲，用紫砂壶可以喝茶，用保温杯也可以喝茶。有条件，喝茶讲究些。没条件，喝茶将就些。总之，茶必须喝。

茶，就是生活。吃茶去，就是回归生活。认真吃茶，就是认真生活。认真对待生活，积极对待生活，乐观对待生活，就是真正的得道。佛印嘱咐苏东坡，这样的好茶，只能与吃茶人分享。那么谁能算是吃茶人呢？

吃茶人，不是非天价茶不喝的人。

吃茶人，不是非百年老茶不饮的人。

吃茶人，更不是没有名家茶器具就喝不了茶的人。

懂得平常心是道，才是合格的吃茶人。

题茶诗与东坡

北宋·释了元

穿云摘尽社前春，
一两平分半与君。
遇客不须容易点，
点茶须是吃茶人。

记梦回文二首（并叙）

北宋·苏轼

十二月二十五日，大雪始晴。梦人以雪水烹小团茶，使美人歌以饮。余梦中为作《回文》诗，觉而记其一句云：乱点余花唾碧衫，意用飞燕唾花故事也，乃续之为二绝句云。

（其一）

酡^{tuó}颜玉碗捧纤纤，乱点余花唾碧衫。

歌咽水云凝静院，梦惊松雪落空岩。

（其二）

空花落尽酒倾缸，日上山融雪涨江。

红焙浅瓯^{ōu}新火活，龙团小碾斗晴窗。[1]

---

[1] （清）王文诰辑注，孔凡礼点校：《苏轼诗集》第四册，卷二十一，中华书局，1982年；第1103页。

这首茶诗，还要从苏轼在黄州时遭遇的住房危机讲起。宋神宗元丰三年（1080）二月初一日，苏轼抵达黄州。他实际上是犯官，所以没有资格住官舍，只能借住在城里的定惠院。而到五月，苏辙按照约定，护送苏轼一家来到黄州。连男带女的一大家人，住在定惠院显然不合适了。幸好在鄂州知州朱寿昌的帮助下，苏轼一家住进了紧靠长江的临皋亭，一座产权属于官府的水路驿站。临皋亭并不大，苏家29口人住起来十分拥挤，更无法招待朋友。所以当得到东坡几十亩废田时，苏轼便决定修建五间泥瓦房。这座农舍，在元丰五年正月的大雪中落成。苏轼又在正厅的四壁画满雪景，并将其命名为雪堂。后世将这里与东坡、赤壁并举，视为苏轼在黄州时的三大精神象征。其实那一场冬雪，从元丰四年十二月底便开始下了。《记梦回文二首》，便写于那场跨年的大雪之中。

十二月二十五日，连下了几天的雪，终于停了下来。苏轼在这一天，参加了一场茶会。这场茶会讲究奢华，茶用的是极品贡茶小龙团，水用的是无根甘露冰雪水。会上还有美女相伴，苏轼当场作诗二首相赠美人。正在欢歌笑语之际，苏轼忽被人叫醒。这才知，不过是南柯一梦。苏轼给美人作的诗，只想起"乱点余花唾碧衫"一句，那是用了汉代赵飞燕的典故。有一次，她误将口水吐到了妹妹赵合德的衣袖上。人家反倒说这是神来之笔，宫廷中的能工巧匠，都做不出这种"唾碧衫"的纹饰。望着窗外的雪景，借着美梦的余韵，苏轼提起笔来，又续写了二首绝句。

所谓"回文"，即回文诗。也就是一首诗顺读倒读都能成诗。回文诗，也被归于杂体诗当中。两首诗文倒读如下：

岩空落雪松惊梦，院静凝云水咽歌。衫碧唾花余点乱，纤纤捧碗玉颜酡。

窗晴斗碾小团龙，活火新瓯浅焙红。江涨雪融山上日，缸倾酒尽落花空。

总体来看，回文诗句子越长难度越大。从诗歌创作角度来说，五言回文诗较易，七言回文诗较难，绝句较易，律诗较难。苏轼的《梦记回文二首》是七言绝句，在回文诗里并不算简单。而且同样主题的回文诗，能够做着梦连写两首，那就更不简单了。

这样精彩的回文茶诗，也就是才华横溢的苏轼写得出来。但我们之所以喜爱苏轼，却不仅仅因为他善于吟诗作文，更是因为他在人生的低谷中依然能够保持洒脱旷达的自我。贬官黄州，对苏轼不仅是处分，更是污辱和折磨。可苏轼，从官场这口污水井里，吸了一肚子浊水，却以自己的人格修养、艺术造诣、思想境界，蒸馏了那浊水。最终变浊为清，滋润自己，滋润他人，滋润后世，滋润整个中国文化。

《记梦回文二首》的可贵之处，不是创作于雪中，也不是创作于梦中，而是创作于困境之中。苏轼的才华，确实让我们倾倒。苏轼的洒脱，更令我们敬重。

跟着古人学品茶：中国最美茶诗

记梦回文二首（并叙）

北宋·苏轼

（其一）

酡颜玉碗捧纤纤，

乱点余花唾碧衫。

歌咽水云凝静院，

梦惊松雪落空岩。

（其二）

空花落尽酒倾缸，

日上山融雪涨江。

红焙浅瓯新火活，

龙团小碾斗晴窗。

记梦回文二首（并叙）

种 茶

北宋·苏轼

松间旅生茶，已与松俱瘦。

茨棘尚未容，蒙翳争交构。

天公所遗弃，百岁仍稚幼。

紫笋虽不长，孤根乃独寿。

移栽白鹤岭，土软春雨后。

弥旬得连阴，似许晚逐茂。

能忘流连苦，戢戢出鸟味。

未任供春磨，且可资摘嗅。

千团输太官，百饼炫私斗。

何如此一啜，有味出吾圃。①

---

① （清）王文诰辑注，孔凡礼点校：《苏轼诗集》，卷四十，中华书局，1982年，第
2225页。

茶诗当中，写饮茶的多，写制茶的少。毕竟，饮茶是文人的事，制茶是农人的事。至于写种茶的诗，那更是凤毛麟角。因此，苏轼的这首《种茶》，题材上就显得尤为珍贵。读这首《种茶》之前，也有必要了解一下苏东坡的糟心生活。宋仁宗嘉祐二年（1057），苏轼中进士时年仅21岁，是名副其实的少年得志。但自进入官场后，苏轼却可谓步步维艰。终其一生，几乎都攀扯在北宋党争当中。按照《苏轼诗集》的记载，这首《种茶》应是作于宋绍圣三年（1096）丙子正月到绍圣四年（1097）丁丑四月之间。这时的苏轼，身处广东惠州。

事情要追溯到北宋元祐九年（1094），哲宗皇帝改年号为"绍圣"。改元后不久"保守派"罢职，"变法派"出任要职。这些重回朝堂的变法派，把打击"元祐党人"作为主要目标。短短两个月内，当时朝廷在任的三十多名高级官员全被贬到岭南等边远地区。被认为是"元祐党人"的苏轼，自然也在贬官之列。而且，是一年之内连贬五次。苏轼在绍圣年间的第五次贬官，是落建昌军司马，贬宁远军节度副使，仍惠州安置。苏轼以花甲之年，历时六个月，跋涉七千里，终于绍圣元年十月二日到达惠州。

这首诗的前四句，写的是茶树的生长环境。松林之间，不知何时，生长出一株茶树。这里强调是"旅生"，即表明了此茶树非人工有意栽种。但苏轼发现的这株野外的"旅茶"，情况并没有那么幸运。茨棘，即是带刺荆棘。蒙翳，则是伏地藤蔓。身边生长着这么多杂七杂八的植物，这株茶树的命运岌岌可危。

接下来的四句，写的便是茶树的生长状态。这株茶树简直是苍天不佑，投错了胎似的长在了这堆杂草之中。结果自然是长势不良，紫笋般的优质茶芽寥寥无几。但可贵的是，它并没有枯死，仍然坚强地活在茨棘与蒙翳之间。这株茶树，不正是苏轼自己吗？茶树生在松林，才子处于朝堂。茨棘与蒙翳，指的是朝廷里的奸佞小人。但历经磨难，苏轼的赤子之心不改。身处岭南蛮荒之地，虽已无力回天，却要做到"孤根独寿"。见茶树，如见自身。叹茶树，亦叹自身。

下面的四句，情况有了转机。苏轼与茶树，可谓惺惺相惜。自己忍受小人的排挤也就罢了，总不能看着孤高的茶树也被野草困死。于是他将这株茶树移栽白鹤岭上，细心加以呵护。恰逢天公作美，地力肥沃，茶树的长势越来越好。诗中提到的白鹤岭，正是苏轼在惠州的新家。松间旅生的茶树，可能便是移植在了白鹤峰苏宅之中。

下面的四句，讲的是茶树移栽白鹤岭之后的情况。比如之前的"紫笋虽不长"，这时已经是"戢戢出鸟咮"。鸟咮就是鸟嘴，与紫笋一样指的都是细嫩的上等茶芽。茶树移栽白鹤岭，得以茁壮生长。苏轼移居白鹤岭，也获片刻安宁。这首《种茶》，既是写茶树，也是写苏轼。人与茶，完全融为一体了。苏轼把茶树拟人化了，又把自己拟物化了。物中有人，诗中有情，便是这首诗的绝妙之处。

最后的四句，写的是作者的心境。太官，是主持天子膳食的职位。私斗，说的是北宋流行的斗茶。苏轼饱经悲欢离合，无论是斗茶胜出的茶王，还是特供宫廷的贡茶，都已经不放在眼里了。即是喝到了，又何必沾沾自喜呢？再好的茶，裹挟上争名夺利的人心，又"何如此一啜"呢？岭南白鹤峰的生活虽然艰苦，却已远离了官场政局的是是非非。

清代纪昀评价这首诗："委曲真朴，说得苦乐相关。"[1]

---

[1] （清）王文诰辑：《苏文忠公诗编注集成》，卷四十，第22页，第二十二册，清道光三年刻本。

何为苦？何为乐？

琐事缠身，再乐也是苦。

身心自由，再苦也是乐。

种 茶

北宋·苏轼

松间旅生茶，　已与松俱瘦。

茨棘尚未容，　蒙翳争交构。

天公所遗弃，　百岁仍稚幼。

紫笋虽不长，　孤根乃独寿。

移栽白鹤岭，　土软春雨后。

弥旬得连阴，　似许晚逐茂。

能忘流连苦，　戢戢出鸟味。

未任供春磨，　且可资摘嗅。

千团输太官，　百饼炫私斗。

何如此一啜，　有味出吾囿。

和子瞻煎茶

北宋·苏辙

年来病懒百不堪，未废饮食求芳甘。

煎茶旧法出西蜀，水声火候犹能谙。

相传煎茶只煎水，茶性仍存偏有味。

君不见闽中茶品天下高，倾身事茶不知劳。

又不见北方俚人茗饮无不有，盐酪椒姜夸满口。

我今倦游思故乡，不学南方与北方。

铜铛得火蚯蚓叫，匙脚旋转秋萤光。

何时茅檐归去炙背读文字，遣儿折取枯竹女煎汤。[1]

① （北宋）苏辙撰，曾枣庄、马德富校点：《栾城集》，卷四，上海古籍出版社，1987
年，第98页。

苏辙，字子由，四川眉山人，唐宋八大家之一，官至尚书右丞（副宰相）。但是大家提起他，第一反应还一定是——苏轼的弟弟。遍检《苏轼文集》，其中写给苏辙的诗词，多达150首。苏辙更甚，仅在贬居雷州一年间写作的29首诗中，就有25首是和兄之作。虽然宦海的沉浮，使兄弟二人常常身处异地。但是频繁的诗词和答，使兄弟二人在精神上从未分离。子瞻，是苏轼的表字。苏辙的这首《和子瞻煎茶》，也正是兄弟二人和诗中的一篇精彩之作。

这首茶诗的题目中，"煎茶"二字格外引人注目。不是说唐人煎茶宋人点茶吗？的确，煎茶是唐代代表性的饮茶方式。宋代衍生出了新的饮茶方式——点茶。点茶与煎茶，是并存于两宋的饮茶方式。宋人眼中的点茶与煎茶，不只有形式上的差别，更有感觉上的不同。煎茶，毕竟是唐人真爱的饮茶方式。所以站在宋人立场上看，煎茶自然是有古风的行为。

自"年来"至"能谙"句，讲的是宋代煎茶与蜀地的关系。宋代茶文化中，只要一提到煎茶，肯定要与蜀地蜀人相关。作为四川学子的代表，苏轼苏辙就都很热衷煎茶。诗中所谓"煎茶旧法出西蜀"，似乎是在说在宋代擅长煎茶的都是川渝人。苏辙的这种说法，也似乎在宋代文人中达成了共识。

自"相传"至"满口"句，讲的是煎茶的方法。按苏辙的说法，宋代饮茶有两大流派。其一，就是兴起于福建的点茶法，特点是流程繁复，技艺精巧。其二，就是盛行于北方的"调饮法"，特点是口味多样，配料丰富。茶汤里要加入盐、酪、椒、姜等佐料。

自"我今"至"煎汤"句，写出了煎茶的妙处。保存并流行于蜀地的煎茶，是不同于"闽中"与"北方"的另类存在。宋代煎茶与点茶，有三大不同之处。其一，手法不同。所谓煎茶，是将细研作末的茶，投入滚开的水中煮。至于点茶，是预将茶末调膏于盏中，然后用滚水冲点。其二，茶器不同。按苏辙的说法，煎茶的核心是煎水。涉茶诗词中常见的煎水器是"铫"与"铛"。煎水的铛或铫，需放在风炉上加热。所以石铫与风炉，也就常常同时出现在"煎茶"主题的茶诗中。其三，口味不同。煎茶，也非清饮而是调饮。姜、盐、白土，都是蜀人喝茶的佐料。

苏辙对于煎茶的喜爱，却也不仅仅停留在形式上。正如此诗开篇所讲，尔虞我诈的官场将人折腾得病懒不堪，苏辙不由得萌生退隐之意。他饮茶时更倾心于煎茶法，自然是因为"煎茶旧法出西蜀"了。当然，苏辙此时舍点茶法而取煎茶法，也不只因思乡之情。在茶器具上，煎茶用的是铫子与风炉，点茶用的是汤瓶与燎炉。铫子与风炉是复古的组合，汤瓶与燎炉是时尚的搭配。从这个角度看，享受煎茶的生活就更具有古意了。

另一方面，铫子与风炉更为轻巧便携。而且与燎炉用炭不同，风炉通常用更易取得的薪柴。由于用器不同，煎茶与点茶适应的场景也不一样。点茶，多用于宴会及大型雅集。煎茶，多用于二三知己的小聚与清谈。因此从某种程度上看，点茶官气十足，煎茶更具山林野趣。此时的苏辙，被职场所困，自然也就更向往煎茶了。

读了《和子瞻煎茶》后，可知"唐煎宋点"的概念不免片面。宋代茶事活动，既有点茶法，亦有煎茶法。而且需注意，文人也绝非只点不煎，或是只煎不点。宋代的煎茶与点茶，并非对立而是同生。总而言之，喝茶是件灵活的事。既要因人而喝，也要因地制宜，更得因茶施教。

和子瞻煎茶

北宋·苏辙

年来病懒百不堪，
未废饮食求芳甘。
煎茶旧法出西蜀，
水声火候犹能谙。
相传煎茶只煎水，
茶性仍存偏有味。
君不见闽中茶品天下高，
倾身事茶不知劳。

和子瞻煎茶

又不见北方俚人茗饮无不有，
　　盐酪椒姜夸满口。
　　我今倦游思故乡，
　　不学南方与北方。
　　铜铛得火蚯蚓叫，
　　匙脚旋转秋萤光。
何时茅檐归去炙背读文字，
　　遣儿折取枯竹女煎汤。

和子瞻煎茶

双井茶送子瞻

北宋·黄庭坚

人间风日不到处，天上玉堂森宝书。

想见东坡旧居士，挥毫百斛泻明珠。
<small>hú</small>

我家江南摘云腴，落硙霏霏雪不如。
<small>wèi</small>

为公唤起黄州梦，独载扁舟向五湖。①

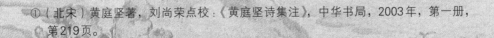

① （北宋）黄庭坚著，刘尚荣点校：《黄庭坚诗集注》，中华书局，2003年，第一册，第219页。

如果把宋代文坛比喻成江湖，那苏东坡的地位，既是一代宗师，也是"武林盟主"。黄庭坚、秦观、晁补之、张耒，都投身在苏门之下，合称"苏门四学士"。后来又有人将陈师道以及李廌加上，并称为"苏门六君子"。在苏门弟子当中，最有乃师风范的就是黄庭坚。这师徒二人，有三大共通之处。其一，二人诗词造诣都极精深。其二，二人书法艺术都极精绝。其三，二人都极其醉心茶事。苏轼一生写作涉茶之诗78首，远超他的前辈欧阳修、王安石，也胜过他的平辈曾巩、苏辙。而黄庭坚写作茶诗的数量，学界有一百余首的说法①，稳居北宋文人中的冠军宝座。

此诗对于黄庭坚意义重大。一者，双井茶是他一生酷爱的佳茗。二者，苏子瞻（即苏轼）是他一生敬爱的师友。用双井茶送子瞻，也就是将最珍视的茶送给最重要的人。黄庭坚，字鲁直，号山谷道人。洪州分宁（今江西省九江市修水县）人。双井茶，就是他家乡的特产，也是他最爱的香茗。子瞻，就是苏东坡的字。宋神宗熙宁五年（1072），黄庭坚与苏轼建立了联系。但是苏黄二人长期都只是笔友，真正见面是元祐元年（1086）末到元祐二年（1087）初的事情了。这时候，苏轼已经年过半百，黄庭坚也过了不惑之年。元祐二年的春天，黄庭坚把家乡刚寄来的双井新茶送给苏轼，并写下了这首《双井茶送子瞻》。

开篇的四句，表露出黄庭坚对苏东坡的崇敬之情。此诗写作之时，苏轼正在京师任翰林学士、知制诰。这里人间风日到不了的地方，便是对雅士名儒才得以入内的翰林院的美称。苏轼在翰林院，端坐的不是一般的厅堂，而是宛若仙境的玉堂。观看的不是一般的图书，而是琳琅满目的宝

---

① 钱时霖、姚国坤、高菊儿编：《历代茶诗集成·宋金卷》，上海文化出版社，2016年，第874页。

书。苏东坡在此文思如泉涌，挥毫泼墨如泻明珠。诸位请看，在黄庭坚眼中，苏轼简直不是朝廷的大学士，而是天上的文曲星。

接下来的四句，显示出黄庭坚对家乡好茶的热爱之意。他眼中的双井茶，不是一般的树叶，而是富于仙气的灵腴。而这样的好茶，不能用碾，而要用硙。硙为何物？其实就是石磨。纵观黄庭坚涉茶的诗文，凡说到建茶，一般仍用茶碾。但提及双井茶，那必然要配以茶硙。碾与硙，区别到底在哪里呢？硙的上部压力大，碎茶较为省力。北宋时，硙的使用还不甚普遍。到了南宋陆游的诗中，茶硙已经屡见不鲜了。南宋末年审安老人《茶具图赞》中，既有名为金法曹的茶碾，也有名为石转运的茶硙。也许当时两者并用，茶饼需又碾又磨吧。

最后两句，黄庭坚为苏东坡勾起了一段回忆。乌台诗案之后，苏轼被贬黄州。他将小城东面的荒坡命名为"东坡"，自耕自种交友会客，丝毫没有被政敌的打压击垮。有一天，苏东坡又与黄州的朋友们夜饮。不知不觉，酒局散场时已是夜里三更。苏东坡摸到自家门外，发现小家童早已鼾声如雷，怎么叫门都不来应答。没办法，苏东坡只好蜷身坐在门前，拄着手杖，静听江涛，随即写下一词：

> 夜饮东坡醒复醉，归来仿佛三更。家童鼻息已雷鸣。敲门都不应，倚杖听江声。
>
> 长恨此身非我有，何时忘却营营。夜阑风静縠^{hú}纹平。小舟从此逝，江海寄余生。①

---

① （北宋）苏轼著，刘石导读：《苏轼词集》，卷二，上海古籍出版社，2009年，第96页。

黄庭坚写作这首茶诗时，苏轼已彻底平反昭雪。离开黄州小城，回到大宋都城。到底是福还是祸？摆脱犯官身份，当上翰林学士，到底是苦还是乐？黄庭坚借一份双井茶重提旧事，难不成此时的苏东坡还需要江海寄余生吗？

当然需要。

真正的江海寄余生，是忘却蝇营狗苟。

真正的江海寄余生，是安心喝一杯好茶，是安心睡一个好觉。

真正的江海寄余生，是在长期烦乱面前，还能够身体倍儿棒吃嘛嘛香。

苏东坡，懂这个道理。黄庭坚，更懂苏东坡。

他们把余生，寄托在了这杯茶里。

觉生先生製此壺
開陽羨紫砂陶之先聲圖

跟着古人学品茶：中国最美茶诗

双井茶送子瞻

北宋·黄庭坚

人间风日不到处，
天上玉堂森宝书。
想见东坡旧居士，
挥毫百斛泻明珠。
我家江南摘云腴，
落硙霏霏雪不如。
为公唤起黄州梦，
独载扁舟向五湖。

临安春雨初霁

南宋·陆游

世味年来薄似纱，谁令骑马客京华。

小楼一夜听春雨，深巷明朝卖杏花。

矮纸斜行闲作草，晴窗细乳戏分茶。

素衣莫起风尘叹，犹及清明可到家。[1]

① 〔南宋〕陆游著，钱仲联校注：《剑南诗稿校注》，卷十七，上海古籍出版社，1985年，第三册，第1347页。

若论写作茶诗的数量，唐代诗人中白居易是第一，宋代诗人里陆放翁为魁首。陆游，字务观，号放翁，宋越州山阴（今浙江绍兴）人。宋高宗绍兴二十三年（1153），29岁的陆游到杭州参加两浙转运司锁厅试。主考官陈之茂很欣赏陆游的才华，准备将其取为第一名。可秦桧的孙子秦埙，也参加这次考试，秦桧当然想让自己的孙子当第一名。陈之茂最终将秦埙压到第二，还是让陆游当了第一。等到礼部试时，秦桧授意考官黜落陆游，并找借口要治陈之茂的罪。说来也巧，秦桧不久后竟然去世了，陈大人因此躲过一劫，但陆游却失去了由科举取得功名的机会。直到孝宗即位后，才特赐了陆游一个进士出身，这时的陆游已38岁。

话说北宋末年，徽、钦二帝被俘北去。老将宗泽等人，拥立赵构即位，从此开始了南宋的统治。不久后金兵南下，赵构又奔到扬州，最后在临安（今杭州）正式建立了朝廷。因此这首茶诗，就是创作于南宋的都城了。常年在外做官的陆游，为何要回到首都观雨呢？话说当了几任茶盐公事的官职后，陆游被给事中赵汝愚参了一本。他于淳熙八年（1181）卸职回家，投闲置散一待又是五年。直到淳熙十三年（1186），朝廷才又起用陆游知严州。可是这时的放翁已经62岁了。但不论如何，他仍需在受命后赶到杭州觐见谢恩。陆游到达临安时正是春季，在西湖边上的客舍里，他写下了这首《临安春雨初霁》。

"世味年来薄似纱，谁令骑马客京华"两句，讲的是无奈。世味，大致可理解为当官的情绪与兴味。世味年来薄似纱的潜台词，就是不想当官想回家。都说阴雨天让人悲伤，陆游是不是写诗这天下雨，偶然心情低落呢？恐怕不是。陆游一生的理想，是"上马击狂胡，下马草军书"[1]的生

---

[1] （南宋）陆游著，钱仲联校注：《剑南诗稿校注》，卷四，第一册，第357页。

活。这一次到严州为官，宋孝宗早已无意恢复中原，并且把满腔报国热情的陆游，当作只会歌咏风花雪月的文人看待。陆游，又怎么能不寒心呢？

"小楼一夜听春雨，深巷明朝卖杏花"两句，讲的是闲情。正在陆游心情烦闷的时候，一场春雨悄无声息地下了起来。因为这场雨，路上的行人车辆少了，喧闹的城市安静了。也因为这场雨，诗人不能出门办事了，恐怕也不会有人登门叨扰了。这时诗人突然发现，不大不小的春雨，击打着屋檐街道上，发出的声音竟有别样的韵律和情趣。天微微亮时，这场春雨似乎停了，巷子里传来了贩卖杏花的一声声叫卖。

"矮低斜行闲作草，晴窗细乳戏分茶"两句，讲的是减速。在这样春雨绵绵的日子里，陆游准备做点闲事打发时间。宋代的分茶，指的是点茶。作草，是指写草书。分茶，是一种闲适生活的体现。但草书似乎与优哉游哉的状态联系不上。其实草书看似凌乱简略，实际上比楷书还讲章法。所以陆游在这里，才用了"闲作草"三个字。可见书写草书与点茶品茶一样，是陆游在空闲时才作的消遣。

"素衣莫起风尘叹，犹及清明可到家"两句，讲的是感悟。晋代陆机有"京洛多风尘，素衣化为缁"[1]两句，意思是说京城里乌烟瘴气，待久了把诗人的品格都玷污了。本诗"素衣莫起风尘叹"一句，显然用的是这个典故。陆游此番进京，真可以说心灰意冷。最后两句似乎是在安慰自己。虽然京城的官场如此不堪，但忍一忍就过去了，八成清明节时咱们就可以回家了吧？这时的陆游，对官场已经没有丝毫留恋了。

小楼一夜听春雨，让陆游参悟到了许多。拼搏奋斗了几十年，朝局还是那个朝局。官场还是那个官场。而自己却早已不是那个自己了。这

---

① （梁）萧统编，（唐）李善注：《文选》卷二四，中华书局，1977年，中册，第348页。

时的陆游不想待在职场，这时的陆游只想回家，或者让自己的生活慢下来。那么问题来了，怎么能让自己慢下来呢？陆游选择做两件事，写字和品茶。

在临安的春雨里，陆游明白了一个道理：越慢，看到的越多。越慢，品到的越多。越慢，得到的也就越多。

跟着古人学品茶：中国最美茶诗

临安春雨初霁

南宋·陆游

世味年来薄似纱，
谁令骑马客京华。
小楼一夜听春雨，
深巷明朝卖杏花。
矮纸斜行闲作草，
晴窗细乳戏分茶。
素衣莫起风尘叹，
犹及清明可到家。

啜茶示儿辈

南宋·陆游

围坐团栾且勿哗，饭余共举此瓯茶。

粗知道义死无憾，已迫耄期生有涯。

小圃花光还满眼，高城漏鼓不停挝。

闲人一笑真当勉，小榼何妨问酒家。①

① （南宋）陆游著，钱仲联校注：《剑南诗稿校注》，卷六十九，上海古籍出版社，1985年，第七册，第3880页。

这首茶诗的题目是《啜茶示儿辈》，大家对于其中"示儿"二字并不陌生。因为陆游的名篇《示儿》，可谓耳熟能详。然而，读过这首《啜茶示儿辈》的人却很少。前者，写于南宋嘉定三年（1210）。后者，写于南宋开禧二年（1206）。两首诗相隔不过四年，都属于陆游晚年的作品。所谓"示儿"，可解释为向儿孙展示，也可引申理解为教育与警醒儿孙。名篇《示儿》中，所传递的自然是爱国情怀。茶诗《啜茶示儿辈》里，又有哪些陆游想传达的人生智慧呢？

起首的两句，描述的是开场。所谓"团栾"，可直译为圆月。后用得多了，便也引申表达团圆之意。饭后一家人围坐，共饮香茶一盏。既然是家庭闲聊，气氛自应当轻松些。却又为何要求大家"且勿哗"呢？原来诗人有话要说。写作这首茶诗时，陆游已经是82岁高龄的老人了。家庭茶聚之时，陆游老爷子又要说些什么呢？我们接着往下看。

三四两句，讲的是主旨。到了耄耋之年的陆游，自然知道生命的无常与有限。在儿孙面前，陆游笑谈："我起码算是一个'粗知道义'的老头。"陆游通过喝茶时的闲谈，向儿孙乃至后世读者传递着自己的价值观。人生在世，不一定做到出人头地，但一定要粗知道义。明道理，晓大义，知道做人做事，要有所为有所不为。这样的一生，才是值得骄傲的。虽然《啜茶示儿辈》是茶诗，但是也传递出了陆游"行正道重大义"的思想。

五六两句，讲的是光阴。挝，音同抓，是击打的意思。园圃中的鲜花，绽放得耀眼夺目。城楼的更鼓，敲打得咚咚作响。光华绚烂的花朵，正是暗示着欣欣向荣的生命。亦或者，可理解为风光无限的生活吧？不停敲打的更鼓，则代表着匆匆流逝的生命。正所谓，百金买骏马，千金买美人，万金买高爵，何处买光阴。面对千金难买，却又不停流逝的青春，陆游建议儿孙应该如何做去呢？

七八两句，给的是答案。陆游教育儿孙，不妨多向"闲人"看齐。但要注意，学习的对象不是"贤达之人"而是"闲散之人"。陆游在政治上是主战派，在朝廷一直得不到重用。从南宋光熙元年（1190）至嘉泰元年（1201）的十余年间，陆游一直住在山阴过着田园生活。超然于冗杂的政务之外，自得生活的趣味。在陆游看来，既然不能做"达则兼济天下"的贤人，不妨就做一个"穷则独善其身"的闲人。做贤人必须有超能力，做闲人更得有大智慧。钱是挣不完的，官是当不够的。陆游在晚年，能明确鼓励儿孙做闲人，真是了不起的智慧。

《示儿》中的"王师北定中原日，家祭无忘告乃翁"，像是陆游写给世人的教科书。《啜茶示儿辈》中的"闲人一笑真当勉，小榼何妨问酒家"，则是陆游写给儿孙的体己话。当然，陆游留给儿孙的财富，不只有智慧的警语，更有饮茶的家风。《宋史》中称陆游卒于南宋嘉定二年（1209），享年85岁。钱大昕考证出陆游应是卒于南宋嘉定三年（1210），享年86岁。无论如何，在"人活七十古来稀"的中国古代，陆游绝对算得上是一位长寿老人。陆游的康健与寿高，与他所倡导的"桑苎家风"有着极为密切的关系。

到底什么是"桑苎家风"呢？首先，自是要常饮好茶。中国古人，很早就认识到了茶的保健功效。陆游一生保持的饮茶习惯，自然是对于他的健康长寿有着积极的影响，然而，茶对于人的益处，又不止于强身健体，更在于疗愈心性。积极健康的心态，才是健康长寿的秘诀。茶汤的厉害之处，就是对人身心的全方位滋养。

桑苎家风，是亲友团聚时"饭余共举此瓯茶"的温馨。一杯茶，让静思独处开朗豁达。一杯茶，让亲友欢聚融洽温馨。桑苎家风长存，自是福寿康宁。

啜茶示儿辈

南宋·陆游

围坐团栾且勿哗，
饭余共举此瓯茶。
粗知道义死无憾，
已迫耄期生有涯。
小圃花光还满眼，
高城漏鼓不停挝。
闲人一笑真当勉，
小楷何妨问酒家。

四时田园杂兴六十首（选其一）

南宋·范成大

蝴蝶双双入菜花，

日长无客到田家。

鸡飞过篱犬吠窦，

知有行商来买茶。①

① （南宋）范成大撰：《范石湖集》，《石湖居士诗集》卷二十七，上海古籍出版社，1981年，下册，第373页。

范成大，字致能，也有说字至能，平江（苏州）人。他晚年居于苏州石湖别墅之地，自号石湖居士。范成大生于北宋钦宗靖康元年（1126）六月初四日，比杨万里大两岁，比陆游大一岁。范成大秉承书香门第的家风，于南宋绍兴二十四年（1154）顺利考中进士。在同时代的几位大诗人当中，范成大仕途成就最高。他于南宋淳熙五年（1178）四月，从礼部尚书兼直学士院升作了参知政事。但这时他与孝宗的政见已有分歧，所以范成大的参知政事，前后仅做了两个月而已。

范成大的《四时田园杂兴》组诗，是中国古代田园诗的集大成和新发展。兴，音同幸。杂兴，即随兴写来没有固定主题的诗篇。诗人以自己对江南农村的仔细观察和亲切感受，用轻灵的笔触、明畅的语言，描绘了一年四季的景物变化和农民们的生活、劳动和风俗。这组诗写得很美，更写得很细，被今人誉为12世纪中国江南农村的风俗画。范成大长期生活在南方，田园生活里自然少不了茶。又因是田园生活，茶事自然也就不同于书斋里的阳春白雪，而是带上了世俗的烟火气，这也就是这首茶诗的难得之处。

"蝴蝶双双入菜花"一句，明确点出了时令。范成大的《四时田园杂兴》组诗，实际并非四个部分而是五个部分，即春日、晚春、夏日、秋日和冬日。每部分十二首，共为六十首。这里讲的这首茶诗，来自《晚春田园杂兴十二绝》之中。油菜花开，遍地金黄，蝴蝶成双成对在花间飞舞，这是典型的晚春田园风光。

"日长无客到田家"一句，写出了农村的实际情况。晚春的村庄，似乎十分寂静。白日渐长，却整天没客人到来。天气这么好的晚春里，为什么反而这样冷清呢？这时我们再反观首句，蝴蝶优哉游哉地在菜花中飞舞，一下子就把周遭环境衬托得更静了。原来农村的晚春，是相当繁忙的季节。春末夏初，正是农忙之时，村民们刚结束了养蚕收茧的紧张劳动，又开始忙活着下田插秧了。所以晚春的农村，自然也就不会有什么串门的客人了。

正在这时候，安静被打破了。"鸡飞过篱犬吠窦"其实就是俗话说的鸡飞狗叫。怎么突然这么热闹呢？一定是有人来了。接下来作者明确地回答：知有行商来买茶。这里是远离城市的山村，环境闭塞人家稀少。偶尔来个串门的客人，那也都是房前屋后的邻居。既然是熟人，鸡犬自然也不会大惊小怪。如今鸡犬躁动，便可以推测是来了生人。春末夏初，粮食、蔬菜、水果都没到季节呢，那估计就是来买茶的了。知有行商来买茶，一句看似轻描淡写，可却把山村生活写得活灵活现。

其实最后"知有行商来买茶"一句，文本上历来存在争议。例如《宋诗钞》作"卖茶"而非"买茶"。那么行商来山村，到底是买茶还是卖茶呢？古代茶叶以细嫩为贵，可天气回暖，茶芽一个劲儿地猛蹿，眼瞧着就要粗老了。为了与时间赛跑，只能是全家老少齐上阵。这首小诗为我们展现出南宋山村采茶的景象，也表现出采茶人的辛劳。由此可知，采茶制茶应与采桑养蚕一样，是当时南方农村较为普遍的副业。所以《宋诗钞》应是误将"买茶"写成了"卖茶"。毕竟，卖茶还是要去城镇，乡村是没有生意的。

接下来还有一个问题，为何是山民等着行商来收茶，而不是自己拿出去卖呢？因为北宋自开国始，就施行了榷茶制度。榷茶制度，其实就是茶叶专卖制度。榷茶制度，是对茶商和茶农的双向管控。茶商，不能直接向茶农收购，而是先向朝廷购买茶引，然后再按照茶引标明的额度去收茶。茶农，也不允许自己买卖茶叶，而是要向朝廷指定的机构或商家出售。违反榷茶制度，就是贩卖私茶，那可是重罪。所以诗中的农家，是在家中坐等茶商收茶，而不是挑着茶叶进城去卖。

正所谓：谁知盘中餐，粒粒皆辛苦。其实要珍惜的不光是一餐一饭，还有那一盏香茶。

四时田园杂兴六十首
（选其一）
南宋·范成大

蝴蝶双双入菜花，
日长无客到田家。
鸡飞过篱犬吠窦，
知有行商来买茶。

四时田园杂兴六十首（选其一）

澹庵坐上观显上人分茶

南宋·杨万里

分茶何似煎茶好，煎茶不似分茶巧。

蒸水老禅弄泉手，隆兴元春新玉爪。

二者相遭兔瓯面，怪怪奇奇真善幻。

纷如擘絮行太空，影落寒江能万变。

银瓶首下仍尾高，注汤作字势嫖姚。

不须更师屋漏法，只问此瓶当响答。

紫微仙人乌角巾，唤我起看清风生。

京尘满袖思一洗，病眼生花得再明。

汉鼎难调要公理，策勋茗碗非公事。

不如回施与寒儒，归续茶经傅衲子。[①]

---

① （南宋）杨万里撰：《诚斋集》，卷二，《四部丛刊初编》，商务印书馆，1926年，第
一册，第8页。

　　杨万里一生写作涉茶之诗六十一首，不论是数量还是质量，在两宋文人中都可圈可点。他的茶诗不仅有较高的文学欣赏价值，也为后人研究宋代茶史提供了珍贵的史料。例如在这首茶诗中，杨万里为我们详细记述了一种宋代独特的饮茶方式——分茶。

　　我们都知道，唐代流行煎茶，宋代重视点茶。由于宋代点茶是先预分茶末，然后再分别调膏，最后分别冲点，所有动作都是分别进行，所以也就有了分茶之称。在绝大部分情况下，分茶与点茶是同义词。有的时候，分茶又特指茶百戏。而这个特例，就在杨万里的这首茶诗当中。题目里的澹庵，是胡铨的号。他于绍兴七年（1137）任枢密院编修官，与杨万里同殿称臣。所谓"澹庵坐上"，也就是在胡府做客的意思。

　　自"分茶"至"玉爪"四句，是这次观演前的背景介绍。现如今提起宋代饮茶方式必说点茶法。其实作为唐代遗风的煎茶法，在两宋也很流行。那不同的饮茶方式之间，又是否有贵贱优劣之别呢？杨万里不愧是大诗人，他说：煎茶与分茶，各有各的妙处。煎茶比分茶好，分茶比煎茶巧。新茶与好水，均已备妥，显上人的分茶表演，也即将拉开序幕。

　　自"二者"至"万变"句，描述了显上人分茶技艺的绝妙。这首诗中的分茶，即特指茶百戏。具体而言，操作者先磨粉调汤，再用滚烫的热水冲击茶粉。就在沸水点茶之际，另一只手持茶筅搅拌敲击茶汤。最终茶粉与沸水交融，泛起层层叠叠的泡沫。想在茶汤表面作画，要以极为熟练的点茶技艺为基础。当然，显上人也很厉害，他击打出的茶汤，一会儿如撕碎的棉絮飘在空中，一会儿又像万物的倒影显现在江心，光怪陆离，如梦似幻。

　　自"银瓶"至"响答"四句，说的是施展茶百戏时的手法。茶百戏的水流，也必须水量一致，流速均匀。杨万里在诗中说道，有了显上人水中分茶的执壶，负责打更计时的师傅都可以下班了。这当然是夸张的写法，但也说明分茶人汤瓶中的水滴，要像计时器漏壶一样稳当，前后之间，分毫不差。

自"紫微"至"衲子"句，就全是夸赞这碗茶饮下后的妙处了。飘飘欲仙，病眼再明。汉鼎，代指权力。汉鼎难调，是说官场险恶举步维艰。茗碗，代指茶事。策勋茗碗，是说著述茶书。杨万里在最后甚至半开玩笑地说：显上人不如把这绝技传给我这个寒儒吧。欣赏完显上人的表演，我们确实感受到了分茶之巧。相比之下，煎茶的确缺少观赏性。那么"分茶何似煎茶好"一句，又是什么意思呢？

要解答这个问题，还是要回到茶百戏的原理上来。茶百戏，有赖于一种叫作茶皂素的物质。说通俗点吧，茶皂素就是如今我们沏茶时常能看到的那层沫子。茶皂素，味苦而辛辣，可以增加茶汤的层次感，在药理方面还具有祛痰消炎等多方面的效用。古人不懂茶皂素的药理作用，而是更看重它的欣赏价值。为了让茶汤多乳，方便分茶乃至于作茶百戏，建州人会在压制茶饼时放入一些米粉或薯蓣。后来升级了技术，又改加褚芽，这样与茶的味道更相融。

饮茶这件事，茶汤永远是中心，味道永远是本质。仅为了沫饽丰富些，就破坏了其纯粹天然的本质，真正的爱茶人恐怕很难接受。再说了，掺和了米粉、薯蓣、褚芽的茶汤，口感上恐怕很难不受影响。这首茶诗，没有半个字涉及茶汤的味道。显上人的这杯茶，恐怕中看不中喝。分茶何似煎茶好，就冲这一句含蓄的评语，杨诚斋不愧是一位懂茶之人。

既然杨万里看出分茶华而不实，那又为何要求显上人"回施与寒儒"呢？其实在诗里，杨万里并没有点明要高僧"回施"的具体是什么。杨诚斋想学的，是显上人分茶的绝技？还是显上人分茶时摒弃凡尘超然物外的心态？我想人人心中，都有属于自己的答案吧？

跟着古人学品茶：中国最美茶诗

澹庵坐上观显上人分茶

南宋·杨万里

分茶何似煎茶好，
煎茶不似分茶巧。
蒸水老禅弄泉手，
隆兴元春新玉爪。
二者相遭兔瓯面，
怪怪奇奇真善幻。
纷如擘絮行太空，
影落寒江能万变。
银瓶首下仍尻高，

注汤作字势嫖姚。

不须更师屋漏法，

只问此瓶当响答。

紫微仙人乌角巾，

唤我起看清风生。

京尘满袖思一洗，

病眼生花得再明。

汉鼎难调要公理，

策勋茗碗非公事。

不如回施与寒儒，

归续茶经傅衲子。

澹庵坐上观显上人分茶

过扬子江（二首选其一）

南宋·杨万里

只有清霜冻太空，更无半点荻花风。

天开云雾东南碧，日射波涛上下红。

千载英雄鸿去外，六朝形胜雪晴中。

携瓶自汲江心水，要试煎茶第一功。[1]

① （南宋）杨万里撰：《诚斋集》，卷二十七，《四部丛刊初编》，商务印书馆，1926年
影印，第七册，第6页。

杨万里，字廷秀，号诚斋野客。他是吉州人，生于南宋建炎元年（1127）。杨万里于28岁，南宋绍兴二十四年（1154）考中进士。相较于好友陆游，杨万里在官场中还算顺利。但其实他一生除了做地方官，在朝中只做到了秘书监，和政治核心挨不上边。这主要是因为他终生都是主战派，还曾因上书谏事惹怒过宋孝宗。杨万里一生写诗四千二百首，其中有六十余首茶诗，诗文集加在一起有一百三十余卷。《过扬子江》两首七律，收于他的《朝天续集》当中。

话说南宋初年，高宗皇帝偏居江南。好容易盼得高宗让位了"有志恢复"的孝宗，朝廷风气为之一振，继而掀起了北伐之战，却终以大败收场。于是，孝宗又忙着罢免主战派，先割地赔款，再下罪己诏。经过这样一折腾，南宋在金朝面前就更加被动了。到了淳熙十九年（1198），孝宗让位给光宗，杨万里也出任了秘书监。转过年来，光宗改元绍熙，杨万里在秘书监任上，奉命借焕章阁学士为金国贺正旦使的接伴使。说直白些，也就是让杨万里来主持外交工作，接待陪同金国南来的使节。因此，杨万里可谓百感交集。《过扬子江》两首七律，是他第一次要渡长江往北迎接金使时所写。

自"只有"至"下红"句，讲的是扬子江的风貌。这一部分的一个"冻"字，再加上后文中的一个"雪"字，让我们知道杨万里渡江应是在寒冬时节，所以他笔下的江景，给人一种万物肃杀之感。但这种感受，又不仅是自然景物带来的，还有更为深层次的原因。桑干河，是中国北方的河流。北宋时过了桑干才算出国，可是到了南宋，朝廷把淮河以北全割让给金国，所以杨万里渡过扬子江奔淮河时，就等于已经一步步迈向国境线。景色的好坏，要根据观景人的心态而定。国土沦陷，朝廷羸弱，诚斋渡扬子江之行也就显得格外沉重了。

自"千载"至"晴中"两句，叹的是人才凋零。所谓"千载英雄"，指的就是高宗绍兴年间，刘、岳、韩、张诸位大将。他们都一心北伐收复失地，但是到了光宗朝，当年的老将已凋零殆尽了。至于"六朝形胜"，本说的是南北乱世时居于南方的政权，这里也就代指南宋朝廷了。朝中上下无意北伐，那么南宋，不就也只是改头换面的宋齐梁陈吗？杨万里的诗句，壮阔洒脱的文字背后，暗露的是忧国虑敌的爱国之情。细细品味，还有着对南宋朝廷的辛辣讽刺。

自"携瓶"至"一功"句，是全诗最让人疑惑的部分。自古便有很多人抱憾，觉得最后两句突然转到茶事，未免也太突兀了吧？前面几句营造出的悲怆氛围，也一下子让茶汤给冲淡了。难不成杨万里是对现实政治灰心了，一脑袋扎进茶汤里，及时行乐去了？恐怕不是，杨万里晚年因见奸相韩侂胄当国，誓不出仕隐居南国。有一天，一个远房子侄来看望杨万里，无意间聊起了韩侂胄出兵北伐大败之事。杨万里闻之痛哭失声，不久就去世了。可见金国对于杨万里来说，是终生难以释怀的痛楚。

其实杨万里要煎茶，这里头是有故事的。在扬子江畔的金山上，建有一座吞海亭。这座亭子修得富丽堂皇，而且亭子选在金山绝顶，视野颇佳。但这座亭子，可不是修给大宋百姓观景的，而是专门为招待金国来使而修造的茶亭。在朝局困顿之际，还花费重金修造茶亭，只为博取金人的欢心。杨万里对修这样的茶亭，自然是不满的。但他此行的任务，恰恰就是在亭上迎接款待金使。煎香茗，奉仇敌，对于杨万里是一种什么样的刺激呢？当他写出"携瓶自汲江心水，要试煎茶第一功"时，又是一种多么痛苦的心情呢？

茶诗，大都是记录煮水煎茗的风雅之事。但这一首《过扬子江》，却简直成了痛彻心扉的伤痕文学。国家昌盛，社会安定，是我们细细享受一碗茶汤的前提。国破家亡，社会动荡，那一碗茶汤就是再香甜，咽下去的回味想来也定然是无尽苦涩吧？

过扬子江（二首选其一）

南宋·杨万里

只有清霜冻太空，
更无半点荻花风。
天开云雾东南碧，
日射波涛上下红。
千载英雄鸿去外，
六朝形胜雪晴中。
携瓶自汲江心水，
要试煎茶第一功。

过扬子江（二首选其一）

谢薛总干惠茶盏

南宋·徐照

色变天星照，姿贞蜀土成。

视形全觉巨，到手却如轻。

盛水蟾轮漾，浇茶雪片倾。

价令金帛贱，声击水冰清。

拂拭忘衣袖，留藏有竹籯。

入经思陆羽，联句待弥明。

贪动丹僧见，从来相府荣。

感情当爱物，随坐更随行。①

① 北京大学古文献研究所编：《全宋诗》，卷二六七一，北京大学出版社，1998年，第五〇册，第31381页。

徐照，字灵晖，号山民，永嘉（今浙江温州）人。徐灵晖与号灵渊的徐玑、字灵舒的翁卷、号灵秀的赵师秀一起，合称为"永嘉四灵"。永嘉四灵当中，数徐照最爱饮茶。他写的茶诗共有二十六首传世，其中不乏佳作名篇。至于这首《谢薛总干惠茶盏》，茶学价值极高，也为研究宋代茶器史提供了重要资料。

自"色变"至"如轻"句，描述的是茶盏的外观。徐照开篇的头两个字，就直接点明这件礼物不是一般的茶盏，而是一件窑变釉的精品。窑变，是指在窑炉中人们无法控制的突然变化。窑变粗分有两种，一种是瓷器釉色的突然变化，另一种是器型的变化。瓷器釉色的窑变，就是诗中所说的色变。早在三千多年前的商代，我们的先祖就已经开始用涂釉的方式来装饰完善陶器了。商代釉陶的釉较原始，基本上是暗淡的青色。渐渐地人们认识到，釉中添加不同的金属能呈现出不同的颜色。后来工匠们又发现，由于每批釉料成分不同，每炉的温度和火焰气氛不同，釉出来的质感乃至颜色都不尽相同，这其实就是色变了。

窑变是偶然现象，但后来匠人在反复实践中找到内在规律，开始有意识地模拟追求这种釉彩效果。但是这种模拟仍只是方向性的，具体仍有许多细节不可控制。所以色变瓷器也以"入窑一色，出窑万彩"的特有魅力，而让历代艺术爱好者着迷。宋代的珍贵茶器——天目盏，本质上也是一种窑变瓷，可细分为"灰被""黑定盏""玳皮盏""星盏""兔毫""油滴""柿天目"等不同类别。徐照说这件茶盏，有如天星照耀夜空般的美感，那大体可推测应是一件天目星盏。

这样漂亮的色变盏，是哪里做出来的呢？作者明确地回答：姿贞蜀土成。宋代的黑釉建盏，不都是建阳窑烧制的吗？怎么四川也能生产呢？由于历代记载的缺失，这一句长久以来都是一个未解之谜。一直到了1953

年修筑宝成铁路，人们意外地发现了四川广元窑遗址。至此学界才搞清楚，宋代四川也可以生产出黑釉瓷。由"视形全觉巨，到手却如轻"两句可知，四川广元窑烧黑釉，制工精巧轻盈，与建窑盏不尽相同，自成一家风格。

自"盛水"至"弥明"句，形容的是茶盏的贵重。蟾轮，即月亮，夸的是茶盏器型规整浑圆。雪片，代指的是茶汤上绵密的泡沫。盛水蟾轮漾，浇茶雪片倾，描写的是茶盏与茶汤相得益彰。在饮食用具之外，再单独配有一套茶器，这在古代绝非普通百姓所能办到的事情。诗中"价令金帛贱"一句，也从另一个侧面反映出茶器的珍贵。当然，也不是说所有的茶器都很昂贵，但徐照得到的可是一只色变茶盏。擦好了的茶盏，诗人小心翼翼地收好，一般人可不给用，而要等待弥明。弥明，即轩辕弥明，为唐代元和年间衡山道士。徐照在这里，就以"弥明"代指高士。借着先贤陆羽和高士弥明，诗人也进一步烘托出茶盏的不凡。

自"贪功"至"随行"句，是全诗的点睛之笔。丹僧，即高僧。印度西域一代的佛教僧侣，都是习惯穿红色的衣服。佛教传入中国，这种穿着也跟着传了进来。为了形容这菜太香，于是有了佛跳墙。为了表示这盏太美，于是有了僧见贪。最后两句，诗人话锋一转，解释说自己珍爱这只茶盏，可不只因为他的经济价值高，更是感念朋友赠物的深情厚谊。这两句，是全诗的点睛之笔，也一下子把这首茶诗的标格提了上来。因为在这里，徐照说明白了一件重要的事儿：世界上有一种比钱更重要的东西——情。

茶器，一旦有情，就无价了。

谢薛总干惠茶盏

南宋·徐照

色变天星照，姿贞蜀土成。
视形全觉巨，到手却如轻。
盛水蟾轮漾，浇茶雪片倾。
价令金帛贱，声击水冰清。
拂拭忘衣袖，留藏有竹籝。
入经思陆羽，联句待弥明。
贪动丹僧见，从来相府荣。
感情当爱物，随坐更随行。

谢薛总干惠茶盏

寒　夜

南宋·杜耒

寒夜客来茶当酒，

竹炉汤沸火初红。

寻常一样窗前月，

才有梅花便不同。①

---

① （南宋）陈起辑：《前贤小集拾遗》，卷二，第8页，清嘉庆间顾修重辑《南宋群贤小集》，九○册。

古人讲究客来奉茶。南宋杜耒的《寒夜》，是这个题材中的经典之作。耒，音同磊，本意是一种翻土的农具。杜耒，字子野，号小山，江西旴江人。南宋人罗大经《鹤林玉露》中，详细记载了杜耒的死因。金朝后期，山东反金的农民军首领李全，归附了南宋朝廷。但时间久了，李全野心越来越大，最后公开与南宋为敌。南宋嘉熙年间（1237—1240），宋理宗派武将许国率兵除掉李全。结果许国到了前线，出师未捷便身先死了。他官僚主义严重，不能够团结群众，最终招致全军哗变。可怜的杜耒，此时正给许国充当幕僚，因此受到了牵连。于是乎，杜子野便这样惨死于乱军当中。杜耒留下的诗文不多，好在有这一首《寒夜》让他扬名茶史。

现代人，特别喜欢夜晚。这个时间段，工作会告一段落，孩子也酣然入睡，是真正属于自己的时间。古人的夜晚可就痛苦了，没有手机电视互联网，是最为寂寞无聊的了。而咱们的作者杜耒，面对的还是沉寂而冰冷的寒夜，即使想静静发呆冥想，估计也得给冻得够呛。何况窗外万物凋零，更是平添了几分伤感，孤独感也会不自觉地袭来。此时若有客来访，岂不是正可破解孤闷？诗人正想到此，屋外传来了脚步声。开门一看，竟然是自己的好朋友来了。朋友来与不来，主人会不知道吗？还真不知道。古人不比今人，联系起来十分不便，没法定一个准确的约会时间。

古人的访友，在今天的人看起来就是"愣闯"。虽然不够周全，却有一种不可预知的感觉。开门见朋友来访时的惊喜，又是当代人感受不到的幸福了。由于见面极难，古人会客时间都会偏长。关系稍好，是一定要留宿的了。谁能知道，下次见面又要何年何月了。亦或者，根本不存在下次见面了？

好朋友来了，自然要款待。可能觉得饮酒不免流俗，也可能诗人刚刚得了一款好茶，刚好与朋友分享。总之，哥俩这次来了个以茶代酒。竹炉小火，慢烹佳茗，这事儿听起来很美好，但实际上这个过程很慢。但是没关系呀，杜耒的寒夜里，没有什么可着急的事情。诗人有大把的时光，可以为茶事挥霍。由于时间充裕，自然可以慢慢点火煮水，再为客人用心调制一份茶汤。这是一种让今人艳羡不已的幸福。

这时候，宾主双方都品味着一盏佳茗，畅聊着天下大事。突然间，杜耒不经意地望向窗外，那一轮皎洁的明月在窗外梅花的映衬下，竟显得格外迷离动人。至于那"梅花"二字，又是一语双关，暗中也代指着自己品行高洁的朋友。正是好友的到来，使得这本来沉闷的寒夜，变得如此令人难忘了。

如今便捷的通信，使得我们忽略了人与人相遇的不易。我们以为自己比古人幸福很多，其实互联网也使我们失去了很多温暖。日本茶文化当中有个叫"一期一会"的理念，与我们的"客来奉茶"之道颇为暗合。一期一会这个词，最早出于江户德川幕府时代井伊直弼所著《茶汤一会集》。这里的"期"，指的是一生的时间，而"会"指的是相会。那么问题来了，"寒夜客来茶当酒，竹炉汤沸火初红"，算不算一期一会？"解鞍系马堂前树，我向厨中泡茶去"，算不算一期一会？我想，都是要算的吧。一期一会的待人之道，应是中日茶文化的共识。

客来奉茶，无疑是最走心的茶事。中国茶文化中，原来也有这样深刻的部分。只怪我们，还没有细细体会罢了。忙里偷闲，大家别忘了认真泡壶茶。奉给亲人、友人和爱人。

寒 夜

南宋·杜耒

寒夜客来茶当酒，
竹炉汤沸火初红。
寻常一样窗前月，
才有梅花便不同。

陆羽烹茶图

元·赵原[1]

山中茅屋是谁家，

^{wù}

兀坐闲吟到日斜。

俗客不来山鸟散，

呼童汲水煮新茶。

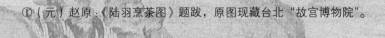

[1]（元）赵原:《陆羽烹茶图》题跋，原图现藏台北"故宫博物院"。

元代，以茶为主题的绘画作品不断增多。这些茶画之上，又多有呼应画作主题的诗词。这些由绘画者或收藏家写作于茶画之上的诗句，也成了中国茶诗文化中的独特组成部分。这里聊到的这首七绝茶诗，即题写于元代赵原的名画《陆羽烹茶图》之上。

赵原，字善长，号丹林，作这幅《陆羽烹茶图》时，落款便是赵丹林，下押一方"赵善长"白文印。他是元末明初的著名画家，擅长画山水，师法董源、王蒙，流传至今的作品有《舍溪草堂图》《晴川送客图》《剡溪云树图》《溪亭送客图》以及这里聊到的《陆羽烹茶图》。此画收藏于台北故宫博物院。现如今的《陆羽烹茶图》上，共有三首茶诗。一首是乾隆皇帝题的七言绝句。还有一首七律后有"窥斑"款，不知是何许人也。另一首无落款的七绝，从笔迹上来看与画作落款"赵丹林"颇为一致，因此公认为画家赵原自题的茶诗。既然是题在茶画上的茶诗，那我们不妨就将诗与画结合在一起赏析。

第一句"山中茅屋是谁家"，讲的是地点。这幅《陆羽烹茶图》，远山和近水占去了一大半的篇幅。画家笔下的远山，层峦叠嶂，绵延起伏，虽是墨笔所绘，却似乎能感受到草木茂盛之势。至于江水呈"之"字形环绕，百转千转，自有一种动态之美。就在整个图画的视觉中心，一座茅屋临水而建。这山中茅屋是谁家呢？当然是茶圣陆羽之家。

第二句"兀坐闲吟到日斜"，写的是闲情。兀，解释为茫然无知的样子。兀坐，即可理解为呆坐、闲坐或是放空。画作的屋内有两个人，其中一人半躺半坐，宽袍大袖，袒胸露腹，赤裸双脚。茅屋周围的环境，草木茂盛人迹罕至，只有一条曲径通到这里。虽不说是与世隔绝，但也确实是一处发呆放空的好地方。这时观画者才明白，画家大费笔墨绘制的山水，都充当了气氛组的作用，全为渲染诗中所提及的"闲吟"二字。

最后"俗客不来山鸟散，呼童汲水煮新茶"两句，进一步刻画了陆羽的生活状态。话说茶圣为何是如此休闲的装束呢？第一，他没有俗客打扰。第二，他没有俗物缠身。陆羽一没有不想见的人，二没有不想做的事。自己在茅屋里发呆放空，童子在一边给煮水烹茶，这种生活是不是特别令人羡慕呢？

那么陆羽为何能生活得如此潇洒呢？首先，陆羽是孤儿，父母的面没见过也就罢了，甚至连自己的姓氏籍贯都不知道。他这个陆姓，也是自己算卦起的。陆羽无父无母，也就无牵无挂，所以他一生到过很多地方，动不动就来一场说走就走的旅行。其次，陆羽经历特别丰富。他幼时在寺院长大，后来又当过伶正，也就是文艺工作者。再后他又被李齐物、崔国辅等名流赏识，逐渐步入了文化圈。多文化的经历，使得他没有被旧时的科举所束缚，甚至没有陶渊明"误入尘网中"的经历，而就直接过起了令人羡慕的自由职业者生活。

不管是赵原的画作还是茶诗，所传达出的都是一种摆脱了体制禁锢后的喜乐之情。封建时代文人只有一条出路，就是考科举、进体制。官当得小，他们的领导是大官。好不容易官当大了，领导变成皇帝了。这领导要是一生气，轻则流放三千里，严重点脑袋就搬家了。所以古时文人在体制中的压抑，可以说到了令人窒息的程度。赵原作品的价值所在，是他画出了人们心向往之而不可得的生活。陆羽人生的价值所在，是他活出了人们敢想而不敢为的精彩。人们崇敬陆羽，绝不仅是由于他的茶学造诣，而是冲着他的生活态度。陆羽这如诗一般的生活里，恰恰处处有茶。于是乎，茶也成了陆羽式潇洒生活的重要符号与象征。

其实中国的茶文化，最大的魅力就在于提供一种生活方式。

陆羽烹茶图

元·赵原

山中茅屋是谁家，
兀坐闲吟到日斜。
俗客不来山鸟散，
呼童汲水煮新茶。

陆羽烹茶图

采茶词

明·高启

雷过溪山碧云暖，幽丛半吐枪旗短。

银钗女儿相应歌，筐中摘得谁最多。

归来清香犹在手，高品先将呈太守。

竹炉新焙未得尝，笼盛贩与湖南商。

山家不解种禾黍，衣食年年在春雨。①

---

① （明）高启撰：《高太史大全集》卷二，《四部丛刊》，商务印书馆，影印江南图书馆藏明景泰间徐庸刊本，第10页。

现如今的"茶非遗"项目，较偏重于"制茶"内容的表述与保护。但实际上，在制茶之前还有采茶。陆羽《茶经》"三之造"一章写道："晴，采之，蒸之，捣之，拍之，焙之，穿之，封之，茶之干矣。"显然，采茶是一切制茶工艺的前提。但现代人对采茶存在着严重的忽视，对辛勤的采茶人更缺乏应有的尊重。幸好，历代还留有不少"采茶"题材的茶诗。其中高启的这首《采茶词》，就描述了一群乐观可爱却又令人心酸的采茶人。

高启，字季迪，号槎轩，又号青丘子，元顺帝至元二年（1336）生于苏州，是元明两代近四百年间最杰出的诗人之一。明朝建立不久后，明太祖朱元璋以编纂《元史》为名，网罗在野的文学之士。时年34岁的高启也在招聘之列。明洪武五年（1372），礼部主事魏观就任苏州府知府。他与高启志同道合，过从很密。魏观重修元代起义军张士诚曾用作宫殿的旧苏州府庭，被密探当作谋反的证据。高启也受牵连被捕。明洪武七年九月，诗人高启被处以腰斩的酷刑，年仅39岁。高启常年生活在江南的乡村，在他的《高青丘集》中，描述乡间生活的诗歌占了很大的比例，这首《采茶词》也是其中之一。除去茶诗中惯带的文雅之气，这首词更有着对于采茶人生活细致入微的洞察与同情。

开篇两句，描述的是情境。

随着春雷过后的气温回升，茶树开始有了微妙的生长。枪，就是锋芒显露的茶芽。旗，则是芽头旁初展的嫩叶。这里的"枪旗"，就是刚萌发芽叶的雅称。短小的"枪旗"已是一年中最细嫩的茶芽，而且此时还仅仅是"半吐"而已。这既是表明故事发生在初春，同时也暗示了茶芽采摘的不易。虽然这样的"短枪旗"最为难采，但采茶人却必须准备上山了。因为初春的茶叶最为稀少，也最为世人所追捧。辛苦和麻烦，总能换来更好的经济效益。这样的矛盾心理，也深刻地表现出采茶人的不易。

三四两句，介绍的是人物。

高启笔下的采茶人，是一群头戴银钗的农家女儿。天真烂漫的她们，丝毫没有抱怨采茶的辛苦。相反，采茶路上竟还唱起了山歌，甚至后来还搞起了采茶大赛，倒要看看谁筐中的茶青最多。透过字里行间可以想象得出来，她们一定是心中满怀着希望。因为这一筐筐的茶青，直接关系到银钗女儿们今后的生活。采得越多，卖得越多，生活也自然就会好一些吧？

后面四句，表明的是命运。

一句"归来清香犹在手"，将采茶工作描述得极为浪漫。可实际上，却没有那么美好。采茶掐断嫩芽时会有茶汁溢出，采茶人的手指会被浸染成青绿色。由于每天都在大量重复这项劳动，久而久之这些手上的颜色就再也洗不掉了。付出了这么辛苦的劳动，采茶人却从没有机会享受上等香茗。因为那最为上等的"高品"，自然要先呈送给达官显贵来尝鲜。那些官僚喝茶是否给钱呢？诗中没有提及。但想必大致类似《卖炭翁》中"半匹红纱一丈绫，系向牛头充炭直"的做法。面对官府的巧取豪夺，采茶人只能逆来顺受。

好容易打发走了官府，赶紧忙活着生火焙茶。但制好的新茶还是轮不到自己品尝，就都卖给了湖南来收购茶叶的商人。因为适宜生长茶树的地方，多是山林坑涧，虽能出好茶，却根本没法种植粮食作物。所以茶农一年的生计都压在这一片小小的树叶上了。制成的好茶，哪里舍得自己享用，自然要都卖出去才好。

最后一句"衣食年年在春雨"，道出了采茶人辛酸的处境。与许多揭露社会问题的诗歌不同，这次诗人没有出面来发表长篇的议论。但正是这样简短的结尾，含蓄间透露出力度，引发人深思，也启发人珍视杯中的香茗。

正所谓：谁知盘中餐，粒粒皆辛苦。

这诗中说的不光是一餐一饭，也有一壶香茶。

采茶词

明·高启

雷过溪山碧云暖，
幽丛半吐枪旗短。
银钗女儿相应歌，
筐中摘得谁最多。
归来清香犹在手，
高品先将呈太守。
竹炉新焙未得尝，
笼盛贩与湖南商。
山家不解种禾黍，
衣食年年在春雨。

煮 茶

明·文徵明

绢封阳羡月，瓦缶惠山泉。

至味心难忘，闲情手自煎。

地炉残雪后，禅榻晚风前。

为问贫陶谷，何如病玉川。[1]

---

[1] （明）文徵明著，周道振辑校：《文徵明集（增订本）》，卷六，上海古籍出版社，2014年，第114页。

在明代众多爱茶人当中，吴门画派值得格外关注。所谓吴门画派，是以苏州为中心形成的书画流派。这个派别的代表人物有沈周、文徵明、唐寅、仇英，合称"吴门四家"。这里赏析的《煮茶》一诗，就出自吴门四家之一的文徵明之手。文徵明原名文壁，字徵明。以后就用徵明为名，改字徵仲，号衡山。在吴门四家当中，数文徵明的茶学造诣最为出众。作为一位丹青高手，文徵明一生创作了许多茶画，其中以《惠山茶会图》最为有名，此画现收藏于故宫博物院。与此同时，文徵明也称得上是茶学研究者。他不仅著有《龙井茶考》，还对宋代蔡襄《茶录》进行过系统的论述。他这样一位爱茶又懂茶的艺术家，所写的茶诗就自然别有一番滋味了。

开篇两句，写的是态度。阳羡，是今天江苏宜兴的旧称。那里出现的茗茶，在唐代最为流行。由于那时还是圆圆的团饼茶，便雅称其为"阳羡月"了。文徵明身处的明代中期，废团兴散已有多年。因此这里其实是一种虚写，"阳羡月"直接视作名茶的雅称便可。后一句提到的惠山，位于今天的江苏无锡，以天下第二泉而闻名于世。为难得的佳茗，配上一缶好水，这是一个饮茶人对好茶的基本尊重了。

三四两句，道出了真情。碰到"至味"好茶，一定是要"心难忘"才对。那让人心难忘的茶中至味，又是如何得来的呢？后半句给出了答案：一要心有闲，二要手自煎。同样的一杯茶，忙时只能是喝，闲时才能算品。至于自己动手冲泡，则又另有一番乐趣。从备茶到择器，从烧水到冲泡，纷乱复杂的思绪会因专注于茶事而归于平静。饮茶的乐趣，不止来源于茶。那更是水之美、器之美、茶之美、景之美、情之美与人之美的综合呈现。

五六两句，讲的是理想的生活。地炉与禅榻，既是一种场景的描述，也是一种超脱的符号。这些物件的出现，证明诗人的生活不是钟鸣鼎食，而是朴实无华。进一步而言，诗人向往的不是功名利禄，而是本真生活。这种生活具体是什么样呢？我们用文徵明特别喜欢的四个字回答：山静日长。所谓"山静日长"，是南宋罗大经《鹤林玉露》里的一篇文章，其中详细地描述了罗氏罢官归乡的闲适生活。文徵明的一生，非常推崇罗大经"山静日长"式的生活。60岁的文徵明画过一幅《山静日长图卷》。二十多年后，文徵明又书写了《山静日长》这篇美文。

结尾的两句诗文，引出了两位爱茶之人。其中的"病玉川"，指的就是唐代诗人卢仝。他因写作一首茶诗《走笔谢孟谏议寄新茶》而扬名于世。相较起来，"贫陶谷"的名气就要稍逊一筹了。陶谷，字秀实，邠州新平（今陕西彬县）人，历仕后晋、后汉、后周、宋。卢仝与陶谷皆可算爱茶之人，但二人命运却又大相径庭。陶谷一生身处朝堂，而卢仝则以隐士自居。陶谷入世，卢仝出世，截然不同。文徵明诗中提及这二位茶人，似乎也是在思考自己又该何去何从。

历史上的文徵明，对于出世为官一直没有兴趣。他的后半生，既没有像陶谷一样入世，也没有如卢仝一般出世，而是醉心于山静日长式的生活当中。文徵明生于明成化六年（1470）十一月六日，卒于明嘉靖三十八年（1559）二月二十日，享年90岁。在人活七十古来稀的明代，文徵明却能以九十高龄辞世，绝对算得上是活神仙了。

看起来，真正爱茶之人，最懂得生活。懂得生活之人，又总能颐养天年。

煮　茶

明·文徵明

绢封阳羡月，瓦缶惠山泉。
至味心难忘，闲情手自煎。
地炉残雪后，禅榻晚风前。
为问贫陶谷，何如病玉川。

李氏小园（节选）

清·郑燮^{xiè}

兄起扫黄叶，弟起烹秋茶。

明星犹在树，烂烂天东霞。

杯用宣德瓷，壶用宜兴砂。

器物非金玉，品洁自生华。

虫游满院凉，露浓败蒂瓜。

秋花发冷艳，点缀枯篱笆。

闭户成羲皇，古意何其赊^{xī}。①

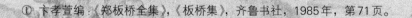

---

① 卞孝萱编：《郑板桥全集》，《板桥集》，齐鲁书社，1985年，第71页。

翻读中国的茶诗，总给人目不暇接的感觉。名家名作，比比皆是，满纸珠玑，满目琳琅，满心欢喜。有的文人，写作茶诗高产且精彩。像是唐代的白居易，一生写作茶诗五十余首。北宋的黄庭坚，也写作茶诗四十余首。至于南宋的陆游，更是撰写茶诗数百首。也有的文人，写作茶诗是一篇成名。例如唐代的卢仝，一首《走笔谢孟谏议寄新茶》就获得了茶仙的殊荣。

还有的文人就更厉害了，写作茶诗是一句成名。清代的郑板桥，就是这种"一句成名"的代表。他的《李氏小园》一诗，因题目里没有"茶"字而未被爱茶人所重视，算是不折不扣的冷门茶诗。但其中的诗句，却字字打动着爱茶之人，可称习茶的金玉良言。话不多说，我们来读板桥的这首茶诗。

李氏小园，是郑板桥中进士后在扬州等待分配时的旧居。这首茶诗，也就是写于诗人等待实缺官职时的痛苦与纠结当中。解析清楚写作背景后，诗中的一些字句也就不难理解了。

起初的四句，讲的是情景。弟兄两个人，在李氏小园里过着简单的生活。哥哥清晨早起，扫去园中落叶。弟弟也不闲着，准备煮水烹茶。由于已入深秋，所以天亮得很晚。再加上弟兄二人起得也确实够早，以至于天上还挂着星星，东方才微微泛起彩霞。

紧接的四句，讲的是情操。前文已经点出，兄弟在李氏小园里喝的是秋茶。江南地区的绿茶，自古以春茶为贵，秋茶是相对等而下之的了。茶不怎么样，器又如何呢？郑板桥写得明白：杯用宣德瓷，壶用宜兴砂。今天的爱茶人读到这里不禁要惊呼，这是真正的土豪生活嘛。

可其实，这又是用今人的眼光来看待过去的事物了。曾几何时，宣德瓷也好宜兴砂也罢，价格都没有今天这么离谱。如今天价紫砂的出现，是

20世纪80年代以后人为炒作的结果。当时的宫廷与官场，仍然流行着奢侈华丽的金银器。板桥虽比落魄秀才强一些，但经济条件也与非富即贵的官宦不能相比。但他毫不介意，反而提出了"器物非金玉，品洁自生华"的审美标准。现如今，追求名家紫砂壶、名家天目盏、名家柴烧器的人不计其数。一件新制的茶器，只要冠以"名家"二字，价格总要是五位数以上。甚至有的人，以用"大众茶器"为耻，以用"名家茶器"为荣。想必，这些人是没读过板桥茶诗。

茶器，贵洁，不贵华。

这里的洁，一是讲干净清洁，二是讲品位高洁。至于是不是名家所作，有没有投资潜力，有没有升值空间，这都不是真正爱茶人应该关心的事情。

对于爱茶人来讲，茶器如好友。

天天计划着攀龙附凤，不是交友之道。

天天捉摸着炫耀投资，不是爱茶之心。

后面的六句，讲的是情怀。天气渐凉，秋虫四起，虫鸣声声，瓜熟蒂落。秋花不似春花绚烂，但自透出一股冷艳高雅之美。有了发现美的眼睛，赏花不见得要有名贵的茶器，园中的枯篱笆，也能成为赏花的舞台。板桥诗中朴素雅致的茶事生活，其实也是他内心的向往与写照。我想，这便是茶的魅力，也是茶的能力。茶事，成了一个人品格修为的最好呈现。或俗或雅，或静或燥，展露无遗。

选器，如同交友。

茶汤，宛若人生。

李氏小园（节选）

清·郑燮

兄起扫黄叶，弟起烹秋茶。

明星犹在树，烂烂天东霞。

杯用宣德瓷，壶用宜兴砂。

器物非金玉，品洁自生华。

虫游满院凉，露浓败蒂瓜。

秋花发冷艳，点缀枯篱笆。

闭户成羲皇，古意何其赊。

紫砂壶

清·郑燮

嘴尖肚大耳偏高，

才免饥寒便自豪。

量小不堪容大物，

两三寸水起波涛。①

---

① 卞孝萱编：《郑板桥全集》，《板桥集外诗文》，齐鲁书社，1985年，第335页。

众所周知，郑板桥是扬州八怪之一。他在书画上造诣极高，相关的研究也很多。但是板桥的茶学思想却少有人关注。这首题为《紫砂壶》的作品，可视为板桥先生的一首经典茶诗。此诗见于民国年间的《阳羡砂壶图考》，当代学者卞孝萱、卞岐编《郑板桥全集》时亦有收录。关于这首七言绝句的来由，还有一则广泛流传于民间的故事。

话说郑板桥在科举道路上，绝对算不上一帆风顺。康熙朝的秀才，雍正朝的举人，乾隆朝的进士。好不容易金榜题名，可又排队等候了数载，才靠着干谒当上了个知县，分到山东非常落后贫苦的范县。郑板桥在范县苦干了五年之后，又调去了潍县上任，一干又是三年。他在《自咏》里写道：潍县三年范县五，山东老吏我居先。一阶未进真藏拙，只字无求幸免嫌。板桥为何混成"一阶未进"的"山东老吏"了呢？答：不贪。作为才华横溢的画家，作为文思泉涌的诗人，板桥在公务员的位子上可谓痛苦万分。到最后他辞官不做回转扬州，就以卖字鬻画为生。这首《紫砂壶》，就写于板桥辞官回到扬州之后。

当时的两淮盐运使卢见曾，与郑板桥是多年的好友。这位卢大人官阶是从三品，算是扬州城里最大的官了。有一次板桥去看望卢见曾，但是刚到了衙门口就被看门的拦了下来。郑板桥说明来意，希望门卫通禀一声。可这时的郑板桥已经不是朝廷命官了，穿着的也是朴素的长衫。一位帮闲的门吏，根本没把教书先生打扮的人放在眼里，就是故意拖延不给通报。

无巧不成书，这时街上有人把郑板桥认出来了："哎呀，这不是咱们扬州的名士郑板桥先生吗？"郑板桥呢，也赶紧跟这几位"粉丝"打招呼。可是这位帮闲的门卫，就是信奉"以貌取人"的准则，根本不相信大名鼎鼎的板桥先生会穿成这样。

于是乎，门卫对板桥说："你说你是郑板桥？我怎么那么不信呢。"郑板桥只是苦笑，毕竟那时候也没身份证啊。门卫接着说："我听说板桥先生非常有文采，可以效法曹植七步成诗。既然你自称郑板桥，那就给我们现场写一首诗，让我们看看你学问如何？"

板桥莞尔一笑，说道："请问小哥，这首诗以何为题呢？"门卫正在喝茶，于是顺手一指桌子："就以这紫砂壶为题吧。"板桥看了看紫砂壶，又瞧了瞧小门吏，吐口而出：

> 嘴尖肚大耳偏高，才免饥寒便自豪。量小不堪容大物，两三寸水起波涛。

乍一看，确实句句写的是紫砂壶。尖嘴为壶流，大肚为壶身，高耳为壶柄。泡茶，本就有"不宜广"的原则。紫砂壶作为茶器，通常也就是200毫升左右。要是吃工夫茶的小泥壶，容积则更是只有百余毫升，说是"量小不堪容大物"，不可谓不贴切。至于两三寸注入壶内，自然要涤荡茶叶，掀起阵阵香涛。板桥爱茶，自也懂壶，句句写到了精彩之处。

再一读，分明就是在写这个门吏。尖酸刻薄是嘴大，养尊处优才肚大，傲慢无礼耳偏高。量小无德，滥用职权。有眼无珠，不识真佛。板桥是一语双关，明是说壶，实是损人，惹得现场的人哈哈大笑。正巧卢见曾路过此处，顺口便说："风流间歇烟花在，又见诗人郑板桥。"

这则故事在民间流传甚高，也难免有演绎的成分。但百姓们愿意相信，这就是发生在板桥先生身上的故事。原因何在？其一，板桥机智幽默。其二，板桥酷爱茶事。板桥的确爱茶。他在谈论自己理想生活时曾说过："吾意欲筑一土墙院子，门内多栽竹树草花，用碎砖铺曲径一条，以达二门。其内茅屋两间，一间坐客，一间作房，贮图书史籍、笔墨砚瓦、酒董茶具其中，为良朋好友、后生小子论文赋诗之所。"

官，不当也罢。钱，够用就行。

有茶，有书，有好友，便是好生活。

潇潇鸣远萦泾色瓷
流光润题摘坡公内田
经素冷是似佳人

障草圃

紫砂壶

清·郑燮

嘴尖肚大耳偏高，

才免饥寒便自豪。

量小不堪容大物，

两三寸水起波涛。